KB119887

내 마음 어딘가가
부서졌다

내 마음 어딘가가
부서졌다

장다혜 지음

언제부턴가
모든 게 시시해져버린
어른들에게

위즈덤하우스

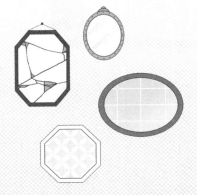

차례

1부

—

습관적 허무에
익숙해진
사람들에게

모든 것에
뜻뜻미지근해지는 나이

———

언젠가부터 어떠한 것에도 무딘
뻣뻣한 산송장이 되어버렸다

큰일이다. 어떤 것에도 뜨거워지지가 않는다. 사랑도,
꿈도, 가족도 모두. 하루하루가 건조하다 못해 메마른
사막이다. 누구에게도, 무엇에도 열정이 생기지 않게
된 지 벌써 여러 해가 지났다. 스무 살의 풋풋함도 설
렘도 희망도 잃어버린 지 오래다. 어쩌다 이렇게 됐을
까. 언젠가부터 어떠한 것에도 무딘 뻣뻣한 산송장이
되어버렸다.

연애란 어른들의 장래희망이라고 했다. 하루하루가 별 볼일 없이 늘 똑같이 굴러가는 어른들에게 연애는 설렘을 가져다주는 자극제다. 살아 있음을 느끼게 해주는 비타민 같은 것이다. 예전에는 나도 이 말에 십분 동의했다.

　　사랑에 빠지면 나는 다른 사람이 되었다. 앞뒤 계산하지 않고 앞만 보이는 경주마마냥 무조건 달려들었다. 그게 결국 내게 상처로 돌아올지언정 이성적인 판단이 되지 않았다.

　　어느 이른 아침에는 눈을 뜨자마자 당신이 보고 싶어져 옷을 입고 부랴부랴 집을 나섰다. 버스에 오르고 나서야 당신은 집에 없을지도 모른다는 생각이 들었지만, 그래도 혹시 눈앞에 나타날 당신의 모습을 상상하며 뛰는 가슴을 부여잡았다. 그간 잊고 있었지만, 분명 내게도 그런 시간이 있었다. 내가 주체인 행위가 아니라 무언가 알 수 없는 힘에 끌려가는 것. 그때 사랑은 내 힘으로 움직일 수 있는 것이 아니었다. 내게 사랑은 말 그대로 빠져드는 것이었다.

　　하지만 이제 내게 사랑은 뜨거운 것이 아니다. 물리학 용어 중 '역치'라는 말이 있다. 어떤 반응이 일어나

는 데 필요한 최소한의 자극이라는 뜻이다. 첫사랑을 지독히 앓은 후, 나에게는 사랑의 역치가 높아졌다. 좋아하는 마음이나 상대에게 문제가 있었던 것이 아니라, 단지 내게 더 큰 자극이 되지 못했다. 나는 남은 열정이 소멸된 상태였다. 눈빛은 늘 가라앉아 있고 어떤 상황에도 차분했다. 상대가 아무리 서운해해도 이성적으로 대응했다. 혹시나 시간이 흐르면서 주체할 수 없었던 지난날의 미성숙함이 통제되는 성숙함으로 변한 건 아닌가 싶기도 했지만, 분명 나의 사랑은 뜨뜻미지근해졌다.

뜨거움이 식어버린 가슴에 찾아온 사랑은 업무로 변질된다. 모든 만남과 감정은 일정한 절차에 맞춰 진행된다. 적절한 반응, 과하지 않은 미소와 친절은 상대방에게 내가 적합한 연애대상임을 인정받는 하나의 시험인 것이다. 첫 만남에서 1차 시험을 통과하면 두어 번의 식사와 차를 마시고 또 영화나 음악 취향을 공유하고 나면 본격적으로 연애라는 '일'이 시작된다. 그 후에도 여느 커플들과 비슷한 과정을 겪는다. '진도'라고 부르는 것이 그것이다. 호감으로 시작해 애정으로 발전하고 사랑으로 진화해 우정과 희생으로 점철되는 천편

일률적인 과정을 여러 상대와 몇 번 반복하다 보면 초반의 새로움도 끝엔 허무만 남고 사라져버린다.

> "그놈이 그놈이야.
> 그 사랑이 그 사랑이고."

꿈도 그렇다. 어릴 때 나의 꿈은 막연하면서도 무모했다. 멋진 옷을 입고 런웨이를 도도하게 걷는 모델이 되고 싶기도 했고, 죄 지은 사람을 벌주는 판사도 되고 싶었더랬다. 그러나 오래 지나지 않아 모델이 되기에 나의 키는 턱없이 부족하다는 걸 알았고(물론 다른 조건들도 부족했다) 판사가 될 정도로 공부에 두각을 나타내지도 않았다. 나이를 한 살씩 먹을수록 내가 뛰어넘을 수 없는, 보이지 않는 벽의 존재를 알게 된 것이다. 열정과 희망이 때론 철없는 소리일 수 있다는 것을, 비록 잔인할지라도 내가 무엇을 가지고 있는지 직시해야 비로소 현실을 살아갈 수 있다는 것도 알았다. 모자란 재능으로 가당치 않은 꿈을 꿀 때 그 모습이 얼마나 처량해 보이는지도.

의지와 노력만으로는 이룰 수 없는 무언가가 있다는

걸 알았을 때, 무기력함이 찾아왔다. 다시는 없을 거라고 생각한 운명 같은 사랑도 허망하게 끝나버렸다. 애초에 내가 생각한 운명은 무엇이고 단 하나뿐인 사랑은 또 무엇이었을까. 그 끝엔 모두 별 게 아니었다는 허무만 남을 뿐이다.

내가 아무리 뛰고 소리쳐도 눈앞의 벽을 깰 수 없을 거라고 느껴질 때가 있다. 한때 나는 내가 특별한 인생의 주인공이라 생각하기도 했지만, 사실 잘 만들어진 맞춤옷이 아니라 그저 수많은 기성복 중 하나였음을 알게 되었다. 나도 '김연아'가 될 수 있다고 믿었다. 하지만 아무리 주머니를 뒤적거려봐도 내 주머니엔 반짝이는 특별함이 아니라 별 쓰잘머리 없는 것들만 들어 있었다.

그럼에도 미련한 나는, 이 모든 걸 알았음에도 끊임없이 내일에 기대를 걸기로 했다. 다시 내게 뜨거운 생명력이 불어넣어지기를, 조각상처럼 굳어버린 내가 온기를 되찾을 수 있기를.

내 주머니에 반짝임은 없더라도
사소한 것에서 특별함을 찾을 수 있기를.
나의 역할과 존재가치를 일깨울 수 있는
무언가를 손에 쥘 수 있기를.

유일함은 아니더라도
쓸모가 있다는 걸 알려준다면
나의 허무와 나의 슬픔이
다시 싱싱한 빛깔을 찾을 수 있을 텐데.

상처 없는 사람은
없다

———

나의 삶에 '진짜 나'는 없고,
'만들어진 나'만 있었다

"요리하기 싫으면 안 해도 돼." 그 말에 나는 당황하여
강하게 고개를 저었다. 누군가에게 따뜻한 밥 한 끼를
대접하는 것만큼 적극적인 사랑 표현이 또 있을까. 미
역국과 김치찌개, 당신이 좋아하는 음식은 당신을 쏙
빼닮은 소박한 것들이었다. 고기를 볶고 참기름을 부
으면 고소한 냄새가 방 안을 가득 메운다. 음식을 입
안 가득 넣고 웃는 당신 모습을 상상해본다. 누군가 볼

세라 마음껏 웃진 못하고 애꿎은 입만 쌜쭉거린다. 괜스레 손놀림은 더욱 빨라진다. 그만큼 나는 당신을 사랑했다.

그럼에도 서운한 말을 들었다. 당신과의 한 끼에 들인 시간과 노력이 물거품이 되는 것만 같았다. 그는 내가 요리를 하는 내내 표정이 굳어 있었단다. 그래, 당신은 틀리지 않았다. 밥을 하고 찌개를 끓이면서도 분명 나는 내내 차가웠고, 나조차도 이런 내가 이해가 되지 않는다. 분명 마음에서 우러나와 하는 일인데, 왜 그 마음을 겉으로는 내비치질 않는 걸까. 부끄러워서? 아니면 자존심 때문에? 이런 것쯤은 별것 아니라고, 늘 먹던 밥상 위에 수저 하나만 더 없은 것뿐이라고 쿨한 척, 애쓰지 않은 척하고 싶었던 걸까?

연출: 나

각본: 나

나는 인생을 잘 짜인 하나의 드라마처럼 보여주고픈 모습만 연기하며 살았다. 초라하거나 절박하고 허름한 면은 철저히 숨긴 채, 아쉬울 것 없고 당당하고 강한 면만 보여주려 애썼다. 그렇게 꾸며진 연기는 꽤 자주 자연스럽지 않았고, 그래서 간혹 어떤 사람들에게는 이 드라마의 허점을 들키고 말았다.

하지만 오히려 그럴 때 나는 기다렸다는 듯, 숨은 내 빈틈을 알아채는 사람에게 호감을 느꼈다. 빈틈이란 나의 못난 면이다. 숨기고 싶었던 부분만을 콕콕 집어내는 사람 앞에선 속수무책으로 무너지고 마는데도 이상하게 그 상대 앞에서 민낯이 드러난 내 모습이 참 좋았다. 그 사람에게는 이제 애써 내 모습을 감추지 않아도 될 테니까.

'날 알아봐주세요.'

사람들은 내게 자신을 조금 내려놓으라고 말했다. 조금 더 솔직해지라고, 당당한 척, 강한 척, 상처받지 않은 척, 온갖 '척'은 이제 그만하라고.

나도 변화를 시도해본 적이 있다. 마음을 열기 위해 노력하던 때가 있었다. 하지만 나는 안타까울 정도로 사람 보는 눈이 없었고, 덕분에 지금까지 잊히지 않는 상처도 여러 번 받았다. 그 상처들은 단순한 점에서 그치지 않았다. 언제 끝날지 모르는, 가늘고 긴 실선으로 내 세계 안에서 어지럽게 널브러져 있었다. 한 번은 속인 사람이 잘못한 거지만, 여러 번 속아 넘어가는 사람이 있다면 그때는 속은 사람, 남을 또 믿어버린 사람이 바보가 된다. 나에게 죄가 있다면 한없이 사람을 믿어버린 미련죄 정도가 되겠다. 마음을 열어보려던 몇 번의 시도는 서서히 나를 '연출가의 삶'으로 이끌었다.

이런 내가 이번 드라마에서 맡은 역할은 '적당히 사랑하는 척'이었다. 불행하게도 사랑을 받는 것에 익숙하지 않은 사람은 사랑을 주는 것에도 익숙하지 않다. 애정표현이 서툴고 어려워서 가능하면 그런 상황을 피하려 한다. 이런 부류의 사람이 무언가 표현을 하려고 들면 몸과 마음이 따로 놀아 감정을 제대로 익히지 못한 인공지능 로봇처럼 어딘가 어색해지고 만다.

이제야 당신이 나에게 왜 이런 말을 하는지, 왜 나를 밀어내는지 이해할 수 있었다. 모든 퍼즐 조각들이 제자리를 찾은 것 같았다. 이제 머리로는 알았으니 마음만 고쳐먹으면 될 텐데, 나는 제 버릇을 남 못 주고 계속해서 연출에 빠져 있다.

글러먹었다. 도무지 고쳐질 것 같지가 않다. 이제는 내가 안쓰러워지기 시작했다. 나의 삶에는 '진짜 나' 대신 '만들어진 나'만 있었다. 언제부턴가 진짜 나는 어두운 방에서 외로움에 잔뜩 움츠려 있었다. 진짜 나는 다짐한다.

만일 누군가에게 온전히 솔직해질 수 있다면,
그럴 수만 있다면,
그 사람을 절대 놓치지 말아야지.
이런 나를 알아보고 다독여준다면
그 사람 앞에서 엉엉 울어버려야지.
그때가 온다면 기필코
이 거추장스러운 만들어진 나를 벗어버리리라.

모락모락 김이 나는 식탁. 당신은 숟가락과 미소를 함께 들어 보였다. 맛있다며 씩씩하게 숟가락질하는 당신에게 나 또한 온 마음으로 웃어 보인다. 다소 어색할지도 모를 나의 감정을 서툴지만 조심스럽게 풀어내기 시작한다. 괜찮다고 나를 다독이면서.

더는 숨지 않을 것이다.

다칠까 겁내지 않을 것이다.

내 마음을 솔직하게 드러낼 것이다.

상처 없는 사람은 없다.

하지만 이제 나에게 지난날의 상처는 지난 일일 뿐이다.

지금은 어두운 방에서 문을 열고 밖으로 나갈 때다.

상처 앞에
영원한 피해자도,
영원한 가해자도 없다

———

피해자도 가해자가 되고

가해자도 피해자가 되는 세상

나는 오늘 그와 헤어졌다. 그리고 그의 가슴을 아프게
했다.

(세 시간 전)

그: 이유가 뭐예요? 내가 뭐 잘못했어요?

나: 아뇨, 없어요. 이유가 없어서 저도 슬퍼요. 미안해요.

언제나 환히 웃어주던 그에게 난데없는 상처를 주었다. 그 이별에는 이유가 없었다. 정말이지 나도 이유를 찾고 싶었다. 우리가 헤어져야만 하는 이유가 뚜렷하기를 바랐다. 그래야 내 마음도 편할 것 같았다. 당신을 위해서가 아니라 나를 위해서라도 이유가 있어야 내가 그나마 덜 '나쁜 년'이 되기 때문이다. 불현듯 지금과 비슷한 예전의 기억이 떠올랐다.

(몇 년 전)

나: 이유가 뭐야? 내가 뭐 잘못했어?

그: 아니, 없어. 이유가 없어서 나도 슬퍼. 미안해.

한때의 사랑에게 이유 모를 외면을 받은 적이 있다. 잘 걷다가 어디서 날아온 건지 모를 돌멩이에 맞고 쓰러진 느낌이었다. 어디서 날아왔는지 그 방향이라도 알았으면 괜찮았을까? 이유를 모르기에 더 아팠고 이렇게밖에 달리 해줄 말이 없다는 그 사람이 미웠다.

나는 그를 이해하고 싶었다. 그러면 아픈 마음이 조금은 누그러들 것 같았다. 하지만 사실은 아니다. 이유를 안다고 해서 아픈 마음이 사라지는 건 아니다. 알고 있다. 그저 원망의 대상을 찾고 싶었다. 그 사람의 입에서 저런 말이 나오게 된 이유가 뭔지, 끝까지 알지 못했던 그 이유를 오늘 다른 사람에게 이별을 고하면서 깨달았다.

당신을 그만큼 사랑하는 것 같지 않아.

나는 오늘 그에게 어디서 날아왔는지 모를 돌멩이가 되었다. 몇 년 전 나를 쓰러뜨렸던 그 돌멩이. 불현듯 툭 튀어나온 묵직한 한 방은 그때 내 마음을, 지금은 이 사람의 마음을 덜컹하게 만들었다. 이별은 때로는 인과 관계와 상관없이, 예고 없이 찾아온다. 명확한 원인은 없대도 결과는 뚜렷하다. 상처받은 피해자와 상처를 준 가해자가 존재한다는 것이다.

몇 년 전 나는 그 사람에게 이럴 수는 없는 거 아니냐고 따져 물었다. 당신을 이해하려야 이해할 수가 없다고, 뭐가 그리 힘들고 어려우냐고 울며 소리쳤다. 그 이후로도 오랫동안 그 사람을 이해할 수 없었고 이해하고 싶지도 않았는데, 이제 와서 뜻하지 않게 그 사람이 떠오른다. 당신이 그때 이런 마음이었냐고. 당신도 참 많이 힘들었겠다고.

하지만 내가 그때 그 사람의 마음을 이해하는 것과 지금의 나의 행동을 용서받는 건 별개의 문제다. 지금 내가 그때의 그 사람을 이해한다고 해서 당시 나의 아픔이 무의미하다는 것도 분명 아니다. 상처를 주는 쪽도 받는 쪽만큼이나 아플 수 있다는 걸 알았을 뿐이다. 그러니 지금 아파하고 있을 그 사람에게 함부로 용서를 구하지도 않을 것이다. 시간이 지나고 나면 당신도 나를 이해할지도 모른다는 어설픈 추측도 소용없다.

스스로를 피해자라고 단정 짓고
오직 내 상처에만 빠져 있었던 나는
이제 시간이 흘러 다른 사람에게
똑같은 방식으로 상처를 주는 가해자가 되었다.

영원한 가해자는 없고
영원한 피해자도 없다.

유난히
빛나는 사랑은 없다

―――――

모든 사랑은 특별하고
모든 이별은 아프다

사랑의 시작은 늘 특별하다. 첫사랑이라고 해서 더 설
레지 않고, 두 번째 사랑이라고 해서 시들하지 않다.
매 사랑의 처음은 설렜고 특별했으며, 끝나지 않을 것
만 같았다. 그렇지 않다는 걸 깨달았을 때는 이미 모든
사랑이 시시해진 후였다.

A씨: 나와 다른 사람

한 사람과 나누는 모든 대화가 재미있을 수 있을까? 당신과의 대화는 내게 마약 같았다. 매 순간이 흥미로워 쉴 틈이 없었고 통화로 밤을 지새우는 날도 허다했다. 함께 있을 때면 서로에게 빠져서 내려야 하는 지하철 정류장을 종종 지나치기도 했다. 왔던 길을 돌아가는 그 우스운 상황도 설렘으로 가득 차 있었기에, 그것은 분명 사랑이었다.

하지만 그렇다고 우리가 똑같은 사람은 아니었다. 간혹 비슷한 점도 있었지만 많은 부분이 달랐다. 사실 얼마나 비슷한지는 중요하지 않았다. 대개는 비슷한 사람에게 끌린다지만 꼭 그렇지는 않다는 걸 알게 한 사람이었다. 우리는 서로가 가진 무수한 차이점들을 흥미로운 대화거리로 끌어오기도 했다. 우리 사이에 흐르는 묘한 기류, 호르몬이 우리에게 저지른 장난질로 당신의 모든 단점에 눈을 감을 수 있었다.

몇 년이 지나도 당신은 늘 새로웠다. 아무리 머리를 굴려봐도 이해할 수 없었지만 그러면서도 이해하고 싶었다. 나를 불편하게 하는 이질감에도 등 돌리지 못했던 까닭에는 분명 사랑이 있었다. 세상에는 간혹 논리로는 설명할 수 없는 것들이 있다, 우리처럼. 당신과 나는 비논리적인 관계였다.

머리로는 백번이고 헤어졌지만 마음으로는 당신을 놓지 못했다. 당신을 사랑하는 데 이유를 찾을 수 없었고 그게 언제까지고 지속될 것만 같았다. 그 예감은 적중했고 몇 년이 흘렀다.

B씨: 나와 비슷한 사람

"지금 되게 좋지 않아?"

"응. 바람에서 여름 냄새가 나."

"맞아! 내가 그 생각하고 있는 거 어떻게 알았어?"

지금 느끼는 감정이나 생각을 타인에게 내보일 때는 설명이 필요하다. 아니면 상대방은 쉽게 오해를 하기도 하고, 당황스러워 하기도 하고, 간혹 불친절하다며 거리를 두기도 한다. 그런데 당신과는 척하면 척, 딱히 부연설명이 필요하지 않았다. 다짜고짜 "지금 되게 좋지 않아?"라고 물었을 때도 그랬다. 언제나 당신은 내 예상 안에 있었다. 우리는 서로를 소울메이트라 불렀다.

소울메이트. 감성, 취향, 여타 모든 정서적 코드가 통하는 사람. 육체적, 에로스적인 사랑 없이도 충만한 애정을 나눌 수 있는 관계를 말한다. 당신과는 스킨십 없이도 행복했다. 함께 있다는 자체만으로 고요했고 편안했다. 사람이 쉼터가 될 수 있다면 나에게는 그게 바로 당신이었다. 내가 당신이고, 당신이 나였다. 바닥까지 훤히 보이는 계곡물처럼 투명해서 언제나 예측이 가능했고, 어떤 불안도 느끼지 않는 평온한 상태. 우린 정말이지 하나였다.

A씨: 끝없는 침묵

며칠 전에도 먹었던 햄버거, 무질서하게 쌓아 올린 감자튀김. 한 입 크게 햄버거를 베어 물고 갈피를 잃은 눈동자는 주변을 살핀다. 이때 맞은편에 앉아 있는 사람은 아무 의미도 없다. 그저 주말 오후, 나와 같은 테이블을 공유하고 있는 사람일 뿐이다. 더 궁금할 게 없는 사람에게는 머무는 시선마저 박하다.

우리가 앉은 테이블만 제외하고 모두들 무언가 의미를 나누고 있다. 느리게 흐르는 시간 속에서 많은 이야기들이 우리 주변으로 빠르게 쌓여간다. 아주 사소한 어떤 것도 흘려보내기 아쉬울 때가 있었는데, 분명 우리에게도 촘촘했던 시간들이 있었는데. 지금은 무엇이 사랑을 이렇게 만들었을까. 서로를 잘 알고 있다는 자만? 손쉽게 다음이 예측되는 권태?

그는 한쪽 턱에 손을 괴고 아무 표정 없이 앉아 있다. 생기

가득했던 시절은 지나고 초점 없는 눈동자만 남았다. 우리를 스치는 모든 것들이 자극제가 되던 때에는 당신의 삶에서 나도 항상 주인공이었는데, 지금은 지나가는 행인 1에 불과하다. 끝이 나지 않을 것 같던 대화가 어느새 침묵에 빠지는 순간, 사랑은 빛을 잃는다.

처음부터 논리가 존재하지 않는 관계였기에 우리의 끝이 어떨지 상상할 수 없었다. 사랑이 끝나는 건 한순간이라는 말은 틀렸다. 결코 한순간이 아니었다. 끝나지 않을 것 같던 사랑이, 계속 이어질 거라고 생각했던 사랑이, 서서히 지고 있다는 걸 그때 알았다.

그만하자는 말을 수백 번 했어도 거짓말이라는 걸 조금도 의심하지 않았는데, 이별이란 단어와 어울리지 않았던 우리는 그렇게 흔한 연인들처럼 이별을 맞았다. 이별과는 별개로 슬펐던 건, 특별할 것 같았던 사랑도 마침표를 찍고 나니 그저 그렇고 그런 사랑이었다는 사실이다. 길거리에서 손잡고 지나다니는 여느 커플과 다르지 않았다. 끝나버린 사랑은 특별했던 모든 의미도 잃어버린다. 그냥 그렇게.

B씨: 나와 똑같지는 않은 사람

"우리 좀 비슷한 사람인 것 같아. 그래서 좋아, 당신이."

"……(확실해?)."

비슷하다고 했다. 우리가 닮은 것 같다고 했다. 그 사람은 이 말을 우리 관계의 '그린라이트' 정도로 여기는 것 같았다. 여기서 그린라이트는 연인이 될 수 있을지 없을지 정도를 가리는 신호가 아니었다. 인생의 동반자가 될 자격을 알아보는 기준이었다.

간혹 지구의 70억 인구 중 나와 비슷한 인격체가 하나쯤은 존재하지 않을까 생각했다. 또 하나의 나를 만난다면, 그리고 그 사람이 나의 반쪽이 되어준다면 얼마나 좋을까 상상했다. 그런 점에서 당신과의 엔딩은 슬프다. 비슷하다고 생각했다. 한때는. 엄밀히 말하자면 비슷한 부분이 7, 다른 부분이 3 정도였다.

지금도 그 비중이 크게 달라지지는 않았다. 다만 달라진 게 있다면 나일 것이다. 그 시절에는 아주 작은 것에도 우리는 역시 비슷하다며 오두방정을 떨었고, 지금은 아무리 똑같다는 증거를 들이밀어도 동요하지 않는다. 당신이 누른 입력값에 다른 결과값을 내놓은 건 나였다. 우린 다른 사람이라고 말함으로써 이 사랑은 애초부터 잘못되었다고 말하고 싶었다. 사랑을 시작한 이유 자체를 부정함으로써 이별의 정당성을 찾았다. 참 비겁한 합리화다.

모든 사랑은 특별하고 모든 이별은 아프다. 이별 후에는 다시는 사랑할 수 없을 것 같지만 언제 그랬냐는 듯, 또 다른 특별함을 찾는다. 이전의 사랑과 지금, 그리고 이후의 사랑은 조금씩 비슷하고 조금씩 닮았다. 다만 이전의 실수들을 만회하려 노력할 뿐이다.

유난히 특별하고
빛나는 사랑이란 없다.

내가 행복해야
네 행복도 있는 거야

———

내가 불행할 땐
남의 행복이 그렇게 고까울 수가 없다

그런 사람이 되고 싶었다. 다른 사람의 좋은 소식에 내일처럼 기뻐하고 축하하는 사람, 지금 내가 처한 불행이나 불안과는 별개로 타인의 기쁨을 넉넉한 마음으로 품고 진심으로 웃을 수 있는 사람이고 싶었다.

그런 사람은 되고 싶지 않았다. 남의 기쁨에 질투하고 트집 잡는 사람, 그 행운도 오래가지 않을 거라며 배배 꼬인 시선으로 바라보고 또 그러길 바라는 사람, 안

하느니만 못한 '축하해'를 마지못해 내뱉는 사람. 정말이지 그런 사람은 되고 싶지 않았는데.

그날은 10년지기의 결혼식이었다. 유난히 다른 결혼식보다 기분이 오묘했다. 오랜 친구의 결혼식이라서였을까. 아니면 그녀의 삶이 녹록치 않아 이리저리 치일 무렵, 연애나 하라며 별 생각 없이 소개시켜준 남자와 결혼까지 하게 돼서였을까.

어릴 적부터 부모님과 결혼식장을 많이 다녔다. 그때만 해도 결혼은 남의 일이었다. 나와 상관없는, 순전히 남의 일이자 내가 내다보는 나의 앞날에는 기대되지 않는 엉뚱한 일. 그래서 남의 경사에 진심으로 축하해줄 수 있었다. 가깝지 않은 누군가의 결혼식이어도 내 일처럼 기뻐했더랬다. 지금 나의 어떤 상황과도 비교되지 않는 완전 무관한 일이니까. 그런데 그날, 남의 것이라 생각한 그것이 나의 시야에 들어왔다. 축하의 감정만이 아닌 복잡한 감정들과 함께 결혼식에 참석한 때는 이 날이 처음이다.

누군가를 부러워하고 질투하는 것은 나도 그것을 가질 가능성이 있을 때 생긴다. 빌 게이츠가 초호화 저택을 샀다고 해서 질투가 나고 우울할 리 없다. 그런 감정을 느낀다 해도 잠깐 스쳐지나갈 뿐이다. 하지만 옆집에 사는 또래의 이야기라면 말이 다르다. 그가 로또에 당첨됐다는 소식이 들리면 배가 무지 아플 것이다. '그 로또는 내 것이었어야 했는데! 왜 그게 내 이야기가 아닌 거야!' 하면서. 데굴데굴 구르고 꿈에도 나타나 괴로울 것이다.

"신부 입장!"

하얀 레이스에 비즈 장식이 화려하게 달린 드레스를 입은 친구가 아버지 팔을 붙잡고 수줍게 걸어 들어온다. 생각해본다. 내 옆엔 누가 서 있게 될까. 지금 내 연애는 당장 헤어져도 이상하지 않을 시한폭탄이다. 지난 연애도 마찬가지였다. 설레고 만나고 알아가고 익숙해지고 지겨워지고 싸우고 지치고. 이러한 과정을 몇 번 거치고 나니 다음 연애에 대한 기대도, 희망도 사라져버렸다. 많은 걸 바라지 않는다고 생각했는데, 알고 보면 엄청 많은 걸 바라고 있었던 건지도 모르겠다. 나와 결혼은 어울리지 않는 단어가 아닌지, 애초에 내

것이 아니었을지도 모른다며 해탈하던 순간, 친구는
인생의 짝을 찾았다. 문득 친구가 부러웠다. 그 어려운
일을 용케 해내다니.

'이럴 줄 알았으면 소개시켜주지 않는 건데.'

순간 왜 그런 생각이 들었을까. 이렇게 잘될 줄은 몰
랐는데, 나보다 불행해 보여서 위로하는 차원에서 소
개해준 남자였는데, 둘이 결혼까지 할 줄이야. 나보다
불행한 사람에게만 기꺼이 위로와 축하를 베푸는 내
가, 내가 불행할 땐 남의 행복이 그렇게도 고까울 수 없
는 게 싫었다. 말 그대로 추접스러웠다.

집으로 돌아가는 길. 평소에 안 신던 높은 구두를 신
어서 그런지 발가락에 물집이 생겼다. 누구한테 예뻐
보이자고 이런 구두를 신은 건지. 누가 시킨 것도 아닌
데 결혼식장에 갈 때면 꼬박꼬박 높은 구두를 신는 것
도 웃기고 요즘 유행하는 하객룩이라며 평소 입지도
않는 원피스를 사 입은 것도 우습다. 팅팅 부은 발을 보
는데 설움이 몰려왔다. 남자 친구가 있으면 뭐해, 마음
편히 전화해 목 놓아 울 수도 없는데. 결혼하고 싶어 환

장한 여자의 한탄이라고 생각이나 안 하면 다행이다. 이대로는 도저히 걸을 수가 없어서 구두를 벗어 들었다. 청승맞다, 참.

그날 저녁 두 통의 문자를 받았다. 하나는 있으나 마나 한 남자 친구의 "잔다"는 문자였고, 다른 하나는 오랜만에 연락 온 친구의 결혼 소식이었다. 하루 종일 연락 한번 없다가 고작 한다는 말이 "잔다"인 남자 친구를 둔 것도 불행했고, 친구의 결혼 소식에 진심을 담아 축하한다고 말하지 못하는 것도 불행했다. 내가 참, 한심하다.

결국 내가 행복하지 않으면
모두 소용없다.

트라우마에서 벗어날 용기

'다 지난 일이야',
인정할 수 있는 용기만이
독소를 제거하는 특효약이다

잊을 수 있을 거라고 생각했다. 거의 잊었다고 생각했다. 상처가 아물듯, 날이 개듯, 색이 희미해지듯 그렇게 그 시절의 악몽도 언젠가 완전히 사라지겠지. 아니, '기대했다'가 더 정확한 표현일 것이다. 오랜 세월 동안 눈에 보이지 않는 암흑의 돌덩이에 짓눌려 살았다. 누가 끄집어낼 수도, 내가 스스로 탈출할 수도 없었다. 그야말로 과거에 갇혀 있었다.

아이는 책가방을 메고 있었다. 학교를 다녀온 모양이다. 아이는 집 현관문 앞에서 한참을 서성거렸다. 문틈에 귀를 바짝 대본다. 실금 같은 틈새로 누군가의 목소리가 새어 나온다. 아이의 엄마다. 화가 난 엄마. 오늘도 아이의 엄마는 화가 났고 누군가를 향해 욕설을 퍼붓고 있었다.

빠르게 뛰는 심장. 아이는 공포에 질린 듯 두근거림을 느꼈다. 애써 생각하지 않아도 지금은 집에 들어가면 안 된다는 걸 두 발이 먼저 알고 있었다. 갈 곳 없는 아이는 두어 층 위로 올라갔다. 발걸음에 한 치의 망설임도 없다. 비상계단에 주저앉아 간간이 들려오는 엄마의 고성을 무심히 들었다. 언제쯤 끝나려나, 만화영화 볼 시간인데, 하면서. 아이는 오늘도 무섭고 슬펐다.

꿈이었다. 깨어난 후에도 표정은 아직 잔뜩 일그러져 있었고 심장은 불안에 떨었다. 꿈에서 깼다고 바로 현실로 돌아오지는 못한다. 공중에 붕 뜬 듯, 길게 늘어진 찰나의 시간 동안 여기저기 퍼진 혼을 되찾아온다. 꿈과 현실을 분간하지 못하는 상태에서 현실의 문에 다다르자 길게 늘어졌던 시간이 다시 제 속도로 흐른다. 이제 정신은 현실로 돌아왔는데 마음은 아직인가

보다. 불안에 떠는 가슴을 부여잡고 꿈이었음에 기뻐하며 통곡했다. 소리 내 우는 것으로 다시금 현실을 절감했다. 괜찮다고, 그때 그 시간은 이제 끝났다고, 정말 끝났다고.

우리는 수많은 기억들을 갖고 산다. 좋은 기억, 나쁜 기억, 시답지 않은 기억들까지. 이 모든 건 우리의 머릿속 수많은 방들에 하나씩 들어가 산다. 방 크기는 모두 제각각인데, 각 기억이 미치는 영향에 따라 크기가 정해진다. 나에게는 애석하게도 좋은 기억보다 나쁜 기억이 더 큰 방을 차지하는 경우가 많았다.

시간이 흐르면서 나의 이 '기억 저장고' 속 내용물들은 왜곡되는데, 다행히도 대부분 나에게 유리한 쪽으로 바뀐다. 아마 그래야만 우리가 이 지긋한 삶을 버틸 수 있기 때문이리라. 나를 지키기 위해 마련된 보호책인 것이다. 나쁜 기억 속 독소들이 빠지고 나면 잔뜩 부패되어 있던 방 크기도 줄어든다. 그렇게 새로 생겨난 여백은 또 다른 기억들로 채워진다.

"엄마 좀 봐봐. 오늘도 기분이 안 좋니?"

그럼에도 방심은 금물이다. 그렇게 쉽게 물러날 나쁜 기억이었으면 그리 오랫동안 나를 물고 늘어졌을 리 없다. 독소가 든 방은 여전히 기운이 세고, 방심하고 있으면 어김없이 나타나 나를 괴롭힌다. 갈등을 외면하는 것도, 나를 놀라게 해준다며 숨어 있는 남자 친구에게 소리치며 울음을 터뜨린 것도, 큰 소음을 싫어하는 것까지, 이 모든 게 어딘가 남아 있는 상처의 흔적이었다. 난데없이 터진 지뢰에 큰 구덩이가 생겼다. 큰 폭발로 돌덩이가 사방으로 튀면서 주변에 크고 작은 흠집을 냈다. 고통의 시작이었던 큰 구덩이는 어느 정도 메워졌으나 미처 발견하지 못한 생채기들이 곳곳에 남아 있다.

감정에도 습관이라는 게 있을까? 유년시절의 악몽들이 이제는 남의 이야기처럼 담담해졌는데도 엄마를 미워하는 마음은 사그라들지 않았다. 가끔은 스스로도 이해할 수 없는 분노가 끓어오르기도 했다. 엄마와 딸의 친밀감은 나에게 동화 같은 이야기였다. 모녀가 다정하게 팔짱을 끼고 쇼핑하는 모습은 누군가에겐 환상일 수도 있다. 진지하게 '엄마가 죽어도 슬프지 않으면 어쩌지?'라는 어이없는 걱정을 한 적도 있다.

어릴 적 나의 장래희망은 어른이었다. 엄마의 폭력에 맞설 수 있고, 당장 이 집에서 나가도 누구도 뭐라 할 수 없는 합법적인 나이. 그리고 정말 성인이 되자마자 나는 집을 떠났다. 남들은 부모에게 애착이 없는 나를 이상하게 바라봤고, 나는 어깨를 으쓱거리는 것으로 답을 대신했다.

시간이 흘러 우리는 엄마와 딸이라는 이름표를 달고 각자의 역할을 묵묵히 수행한다. 내가 이 집의 딸이라는 사실은 변함이 없지만 여전히 마음의 문은 굳게 닫혀 있다. 간간히 발견하는 상흔에 힘겨워하기도 한다. 이전과 달라진 게 있다면 나는 이제 상처 안에서 울먹이기만 하지는 않는다는 것이다. 그리고 나는 놀라울 정도로 괜찮아지고 있다.

스스로 입을 열게 된 그날을 기억한다. 감정적으로 흔들리지 않고, 담담하고 차분한 어조로 기억을 되짚었다. 끔찍함에 눈을 감는다고 악몽이 사라지는 건 아니니까 그냥 받아들이자고, 인정하자고, 그렇게 나를 다독이면서.

"지금은 웃으면서 말하지만, 그땐 정말 힘들었어."

그때의 아픔들을 표현하는 문장의 수가 점차 줄어들 때마다, 어젯밤 드라마 줄거리를 말하듯 가볍게 흘려 말할 때마다 '나쁜 기억의 독소가 빠져나가고 있구나', '이제야 벗어나고 있구나'라고 느낀다.

나쁜 기억의 방이 점점 작아진 건 단순히 시간 덕분은 아니었다. 내 마음이 이제는 그때의 기억을 용서할 준비가 된 것이다. 마음의 상처를 아물게 할 시간이 필요했다. 이제 괜찮다고, 용기 내서 뒤돌아설 수 있는 시간이. 그리고 시간은 내가 그 용기를 낼 때까지 기다려 주었다. '다 지난 일이야'라고 인정할 수 있는 용기만이 나쁜 기억의 독소를 제거하는 해독제가 될 수 있다.

언제까지고
울고 있을 수만은 없다.
툭툭 털고 일어나
끝 모를 구덩이를 조금씩 메운다.

바닥이 차오르고
감춰져 있던 밑바닥이 보일 때쯤,
비로소 나는 그 기억을 놓아줄 준비가 되었다.

내 마음에도 위로를 건넨다.

괜찮다고, 이제는 괜찮다고.

모두 지난 일이고

다 아무것도 아니었다고.

너에게만 닥친 불행이 아니었고

그러니 조금만 힘겨워하다가

이곳을 빠져나오자고.

고생 많았다고.

엄마의 삶 엔
'나'가 없다

누구도 다른 사람의 삶을
대신 살아줄 수 없다

"엄마는 너밖에 없어." 어릴 때부터 이 말을 귀에 못이
박이도록 들었다. 한때는 자랑스럽기도 했다. 내가 미
쳤지. 그때는 몰랐다. 들을수록 가슴이 갑갑하고 도망
치고 싶어지는 끔찍한 말이 될 줄은. 나는 팔다리가 줄
에 매달린 꼭두각시 인형처럼 엄마가 짜놓은 각본에
맞춰 춤을 추는 것 같았다. 내가 울고 있어도 춤은 계
속 이어졌다.

우리는 살면서 수많은 선택을 하고 그 선택에는 책임이 뒤따른다. 하지만 그 선택이 내 의지가 아니라면? 내가 한 선택이 나뿐 아니라 다른 누군가에게도 영향을 준다면? 책임감에 부담감까지 더해진다.

나는 손에 자동차 열쇠를 쥐고 있다. 이 차로는 어디든 갈 수 있다. 방향도 속도도 나의 자유다. 시동을 켜려는데, 조수석에 앉아 나를 감시하는 눈초리를 발견한다. 엄마다. 차에는 나 혼자인 줄 알았는데. 심지어 말도 없이 내가 그린 지도의 한 귀퉁이를 지우고 있었다. 엄마, 이 차 내 차 맞아? 맞다고? 그런데 지금 뭐하는 거야?

내가 만나는 사람들, 내가 본 풍경, 내가 한 생각들이 쌓여 나의 하루가 완성된다. 그리고 그 하루들이 모여 비로소 '나'의 정체성이 만들어진다. 하지만 엄마는 나의 자아를 깡그리 무시했다. 꼭두각시 인형처럼 나를 조종했고, 그대로 움직여주길 바랐다.

엄마에게 '너밖에 없다'는 말은 필살기였다. 내가 본인의 뜻대로 행동하지 않으면 어김없이 이 말을 써먹었다. 이 필살기는 참으로 강력해서, 나의 죄책감과 일

말의 연민을 정확히 자극했다. 이 말을 듣자마자 두 손 두 발이 꽁꽁 묶인 것처럼 꼼짝할 수가 없어진다. '착한 딸이라면 엄마가 원하는 대로 해야 하지 않겠니?' 결국 결정은 번복된다.

엄마의 어린 시절

"내 딸은 정말 착해. 엄만 너밖에 없어."

우주를 좋아했던 나는 미국 항공우주국(NASA) 연구원이 되고 싶었다. 어머니의 기대 앞에 처참히 무너지기 전까진. 어머니는 내가 가정학과나 사범대로 진학하길 바랐다. 여자가 가방끈 길어 뭐하냐며, 그저 좋은 대학 간판 달고서 시집만 잘 가면 장땡이라고.

부모님은 자식들을 위해 안 해본 일이 없었다. 공사판 옆, 다 쓰러져가는 건물 한 켠에서 꽤 오랜 기간 이발소를 운영했는데, 자연히 주 고객은 공사장 인부들이었다. 아버지가 이발을 하면 어머니는 면도를 맡았다. 어린 나이에 시집와서 남편 하나만 믿고 살던 어머니, 늘 싹싹하게 손님을 대하던 어머니는 어느 날 밤, 불 꺼진 부엌에서 남모르게 울고 있었다. 그렇게 조금씩 부모님에게 안쓰러운 맘이 들기 시작했고, 그렇게 나의 꿈은 서서히 지워졌다.

나는 지지리도 착한 딸이었다. 철저하게 어머니가 원하는 딸의 모습으로 살았다. 부모님 말 잘 듣고 동생들도 잘 돌보는 아이. 동네에서 나를 모르는 이가 없었고 우수한 성적으로 고등학교를 졸업했다. 부모님이 원하는 대학에 들어가 졸업하자마자 부모님이 정해준 남자와 결혼하기까지, 나는 어머니의 기대로 만들어졌다. 사실 나는 둘도 없는 왈가닥 푼수였는데. 아무도 모르겠지만……. 이제는 나도 그때의 나를 모른다.

엄마의 스물네 시간은 단순하다. 주로 집안일을 하고, 나머지 시간에는 TV를 본다. 딱히 다른 취미생활은 없다. 굳이 더하자면 남편과 자식들이 집에 돌아오기를 기다리는 일. 엄마는 자신의 의지와는 상관없이 점점 가족들에게 의존하게 되었다. 내 행복은 당신들에게 달려 있다고.

특히 엄마는 나에게 헌신했다. 나는 한번도 그런 일방적인 희생을 강요한 적이 없는데. 손도 안 댄 갈비를 내 앞에 몰아주고, 본인은 구멍 난 양말을 신으면서 내 옷은 매일 사다 나르는 일들을 엄마는 사랑이라고 불렀지만, 받는 사람의 입장에서는 고문 내지는 부담일 뿐이었다. 엄마도 새 옷을 좋아하고, 없어서 못 먹는 갈비였을 텐데. 엄마의 자기희생은 거기서 그치지 않았다.

> "내가 너를 어떻게 키웠는데."
> "대체 네가 뭐가 모자라서."

엄마의 모든 선택에 엄마 자신은 없다. 오로지 남편 또는 딸을 통해야만 자신의 욕구를 충족시킬 수 있었다. 딸이 대학원에 들어가 내 꿈을 '대신' 이뤄주고, 딸을 부잣집으로 시집보내는 게 '내 자존심(커리어)'을 세우는 일이라 믿었다.

엄마는 할머니가 원하는 삶을 살았기 때문에, 나는 엄마가 원하는 삶을 살아야 한다. 본인이 이루지 못한 과업을 딸이 이루어주길 기대한다. 대리만족이다. 그럼 나는 엄마의 기대에 부응하느라 포기한 나의 무언가를 훗날 내 딸한테 또 강요하겠지. 엄마는 너밖에 없다고 딸을 옥죄어가면서. 누군가를 위해 포기하는 게 많아질수록 보상 심리는 커지고, 결국 집착에 이르게된다. 최악이다.

착한 딸 노릇은 대물림된다. 억눌린 나의 욕망은 딸

에게 전달되고 딸의 욕망은 그 딸에게 넘겨진다. 누군
가 이 이상한 고리를 멈춰야 한다. 엄마가 온전히 자신
의 삶을 살아낼 때, 그제야 모두가 행복할 수 있다는, 그
단순한 사실을 외면하는 시선이 참 슬프다.

나는 엄마의 소유물이 아니다.
나는 엄마의 또 다른 '나'가 아니다.

우리는 다른 사람이다.
누구도 다른 사람의 삶을 대신 살아줄 수 없다.
그렇게 살지 못한 엄마가 가엾지만,
그것도 어쩔 수 없는 그의 선택이다.

하지만 나는,
이 굴레에서 이만 벗어나려 한다.
누구도 내 결정을 비난할 수 없다.

열등감이 주는
선물

———

열등감을 느끼는 게 문제가 아니라
열등감을 숨기는 게 문제다

한 아이가 길에서 돌덩이 하나를 주웠다. 햇빛에 반짝이는
모양새가 예사 돌덩이 같지 않아 사람들에게 이것이 무엇
이냐 물었다. 다들 '다이아몬드'라고 말해주었다. 부럽다는
시선도 함께 보냈더랬다. 아이는 다이아몬드라 듣고서도
믿을 수 없었다. 그렇게 값지고 귀한 보석이 제 손에 들어왔
을 리 없다고 의심했다. 매일 밤 다이아몬드를 보면서 그게
무엇인지 고민했다. 그렇게 세월이 흘렀고 다이아몬드는

아직도 아이의 방 서랍에 고이 놓여 있다.

또 다른 아이도 길에서 돌덩이 하나를 주웠다. 빛깔도 예쁘
고 입자도 고운 게 예사 돌덩이 같지 않아 사람들에게 이것
이 무엇이냐 물었다. 다들 '벽돌'이라고 말해주었다. 길에서
흔히 볼 수 있는 것이라고도 덧붙였다. 하지만 아이는 믿을
수 없었다. 그것이 자신의 눈에 유난히 빛나 보였고 또 자신
이 그것을 발견한 건 우연이 아니라 믿었다. 아이는 길가를
샅샅이 뒤져 벽돌을 여러 개 모았다. 그렇게 모은 벽돌로 집
을 만들고 아궁이를 만들어 불을 뗐다.

근거 없는 자신감을 줄여서 '근자감'이라고 한다. 나
는 이 근자감을 지닌 사람들이 부러웠다. 근거가 있어
도 자신감을 갖기란 쉽지 않기 때문이다. 그런 이들은
빈손으로도 무엇이든 만들어낼 사람들 같았다. 실제로
자신을 믿는 마음가짐이 더 많은 희망을 만들어내기도
한다. 나는 그렇지 못한 사람이다. 내 손아귀에 든 것이
보석이어도 보석일 리 없다고 부정하는 사람이다.

'에이, 이게 값비싼 보석이라고? 말도 안 돼.

그런 걸 왜 내가 갖고 있겠어.'

남들이 아무리 그 보석의 가치를 말해줘도 의심만
품는다. 처음부터 이런 성격은 아니었다. 살면서 관계
속에서, 타인들과 부딪치면서 그들에게 조각된 것이다.
나는 어떤 시간들을 거쳤기에 지금의 내가 되었을까.

열등감: 자기를 남보다 못하거나 무가치한 인간으로 낮추
어 평가하는 감정

태어나는 순간부터 경쟁에 놓여 있었다. 눈을 떠보
니 출발선 앞이었고 출발을 알리는 총 소리가 들려왔
다. 많은 이들이 지켜보는 가운데 양옆에 여러 경쟁자
와 비교당하며 달려야 했다. 그리고 그 속에서 나는 늘
패배자였다.

"첫째는 아들일 줄 알았는데 애 낳고 얼마나 울었는지."
"다른 집 애들은 다 잘한다는데 너는 왜 그 모양이니?"
"너도 부모 닮아 분명 머리가 좋을 거다."

이제껏 삶 속에서 나 그대로를 인정받지 못했다. 나에겐 늘 보이지 않는 타인이 함께였다. 그로 인해 마음은 위축됐고, 여기서 열등감이 시작되었다. 나의 내면은 늘 불안했고 그것이 무의식에 고스란히 나타났다. 직장을 두 번 그만두고 나의 글을 쓰겠다며 (출)사표를 던졌지만 늘 초조했다. 이 세상에는 글 잘 쓰는 사람이 무척이나 많으니까.

'사람들이 내 글을 읽어준다고? 진짜?'

나의 블로그에 종종 들어와 글을 읽는 이웃이 있다. 늘 조용히 읽고만 가던 사람이었는데 내가 안돼 보였는지(물론 이것도 나의 자기방어지만) 그날은 아래와 같은 말을 남겨주었다.

본인이 지향하는 바를 향한 걸음에서 태어난 불안이라는 게. 앞을 바라보는 불안이라는 게. 저는 요즘도 저의 일부로 받아들이지 못한, 과거로 인한 불안에 가끔 쫓기곤 한답니다. 당장 앞에 있는 불안을 마주하고 싶지만, 뒤에 두고 온 불안이 아직은 조금 더 쓰라린가봅니다. 쓰신 글을 읽다 보면, 저도 글을 쓰고 싶다는 생각이 들 때가 종종 있습니다.

글을 보자마자 드는 첫 감정은 '질투'였다. 일전에 그 사람에게 글을 써보라고 제안했었다. 나는 미처 생각하지 못한 부분을, 흘러가는 생각에서 떠올렸을 법한 것들을 붙잡아 글로 표현해내는 사람이었기 때문이다. 중요한 것은 '나는 미처 생각하지 못한 부분'이라는 점이다. 내가 갖지 못한 무언가를 갖고 있는 상대에게 아량을 베풀기엔 나 또한 너무 갖고 싶은 재능이었다. 그래서 글을 써보라 제안하면서도, 내심 쓰지 않기를 바랐다. 참 자기모순 덩어리에 속 좁은 인간이다.

> 열등감은 스스로 인정하지 않는 한
> 절대로 생기지 않는다.

내가 갖지 못한 것을 부러워하는 건 본능일까. 자격지심이나 열등감은 마음에 피어나는 못난 꽃들이다. 그런데 가만, 좀 부러워하면 안 되나? 열등감을 느끼는 게 문제가 아니라 이 감정을 숨기는 게 문제가 아닐까? 나를 바로 볼 수 있는 용기, 손에 쥐고 있는 것을 과하지도 부족하지도 않게 있는 그대로 인정하는 것이 더 중요하지 않을까. 자신을 있는 그대로 인정하는 순간, 또한 단계 발전할 수 있는 기회가 주어질 것이다.

이를 인정하고 배워서 나의 빈틈을 채워나가면 그뿐이다. 내가 딸로 태어난 건 바꿀 수 없는 사실이니 타인의 말에 상처받지 말아야 한다. 내가 피아노를 아무리 열심히 쳐도 피아니스트 조성진이 될 수는 없다. 나의 머리가 부모를 따라가지 못하는 것 또한 별개의 문제다. 부모는 부모고 나는 나다.

억지로 포장할 필요도 없고
애써 부정할 필요도 없다.

나를 인정하는 것,
그것만으로도 충분하다.

비련의 주인공.
그의 병명은 '애정결핍증'

———

누군가 건네는 따뜻한 마음과 시선,
언젠가부터 그것에 강한 갈증을 느끼고 있다

이상하게 신경 쓰이게 하는, 그런 사람이 있었다. 그리
고 그는 그런 관심을 즐겼다. 그날도 그랬다. 빵빵하
게 튼 히터 속에서도 칭칭 감은 목도리를 풀 기색이 없
었고 거칠어진 입술은 그대로 방치했다. 그는 '환자놀
이'를 시작했다.

"어디 아파요? 약은 먹었어요?"

보는 사람들마다 걱정하는 말을 건넨다. 언뜻 보면 친절해 보이겠지만 사실 아니다. 그들이 그런 말을 건넬 수밖에 없게끔 그가 유도한 것이다. 측은지심을 가진 인간이라면 관심을 주지 않고는 배길 수 없을 만큼, 누가 봐도 환자의 모양새였다. 얼마 안 가 처음의 관심은 그쳐간다. 그러자 그는 다른 방법을 강구한다.

목에서 쉿소리가 난다. 오랜 가뭄에 쩍쩍 갈라진 땅에서 소리가 난다면 이런 소리일까. 회의에서도 그날따라 유난히 적극성을 발휘한다. 발언 중간중간 헛기침은 기본이다. 그런다고 목소리가 다듬어질 리 없다. 모두의 시선이 낯선 목소리가 들리는 곳으로 집중된다. 회의가 끝나고 다들 그에게 한마디씩 던진다. 목에 안 좋으니 최대한 말을 삼가라고. 무슨 소리! 그는 오히려 더욱 자주 입을 열 것이다. 그들의 호의와 걱정은 그를 더욱 힘나게 할 테니까.

그리고 그는 곧 죽어도 병원에는 가지 않을 것이다. 아픈 게 다 낫고 나면 사람들의 관심이 사라질 것이기 때문이다. 비련의 주인공병이라고 해야 할까. 언젠가 영화에서 이런 장면을 본 적이 있다. 빗속에서 사랑하는 이를 하염없이 기다리던 주인공. 옆에 카페도 있고

하다못해 공중전화박스에라도 들어가 있던지, 청승맞게 저게 무슨 짓이람. 동정심을 유발해 관심을 사고 싶은 심리, 그는 바로 비련의 주인공이었다.

'그래, 조금 더 날 걱정하라고!'

이상한 사람이다. 아프면 병원을 가야지 왜 애먼 사람을 걱정시키는 걸까 싶었지만, 머지않아 나도 그 병에 걸렸다. 온몸에 원인 모를 멍이 생기고 한 달 새 살이 무려 5킬로그램이나 빠졌다. 어디서 급격한 체중 감소는 암 증상이라던 기사가 기억나 대학병원에서 검사를 받았다. 일주일 뒤에 결과가 나온다고 한다.

쿠궁쿠궁. 돌아오는 지하철 안. 지하철 엔진 소리에 맞춰 심장이 뛴다. 자칫 안 좋은 결과가 나오면 어떻게 하나 하는 두려움과 동시에 왠지 모를 묘한 기대감이 든다. 결과를 기다리면서 내가 안쓰러워 울었다. 아직 하고 싶은 게 많은데 이렇게 생을 마감하는 건가. 이미 마음만큼은 암 말기 환자였고 영화 속 주인공이었다. 생이 이다지도 간절할 수가 없었다. 지하철 창밖 너머로 보이는 한강이 이렇게 예뻤나 싶다. 어디서 그런 마

음이 솟아난 걸까. 막상 결과가 허무하면 어쩌지 하는
걱정, 큰일이었음 좋겠다는 바람도 들었다.

'죽을병이라면 좋겠어.'

내가 아는 지인이 이리도 많았나. 나를 걱정하는 사
람들에게서 연락이 온다. 좋다. 따뜻하다. 내심 죽을병
에 걸렸기를 기대해본다. 그럼 나는 영화 속 비련의 주
인공이 되는 거야! 모두가 나를 보러 오겠지. 나를 그리
워하며 눈물짓겠지……. 나는 죽고 싶은 걸까, 살고 싶
은 걸까. 확실한 건 살아 있는 지금, 애정에 목마른 건
사실이다. 누군가 건네는 따뜻한 마음과 시선, 언젠가
부터 그것에 강한 갈증을 느끼고 있다.

그들은 안전한 상태의 나에겐 도통 관심이 없기 때문
에 나는 나를 불안전과 불안정한 상태에 놓기로 한다.

나를 가여운 상황 속에서
구출하지 않는 마음, 빠져나오고 싶으면서도
빠져나오고 싶지 않은 이중적인 태도.

나는 간절하게 살고 싶지만
또 그만큼 죽고 싶기도 하다.

우리 헤어지자,
친구야

————

한 지점에서 만났던 인연들은
때에 따라 멀어지기도 한다

10여 년간 나는 단 한 번도 먼저 너를 찾은 적이 없다.
늘 네가 날 찾았다. 너는 그런 점을 내게 서운하다 토
로한 적도 있다. 그럼에도 나는 여전히 너를 찾지 않았
다. 우리 사이에는 갑을관계가 뚜렷했으니까. 내가 갑,
네가 을. 계약서상에만 갑을관계가 있는 것이 아니다.
누가 더 좋아하는가에 따라 을이 되기도 갑이 되기도
한다. 나보다 네가 나를 더 원했고 그래서 적극적이었

고 나는 늘 수동적이었다. 그뿐이었다. 그래도 다들 우리를 친구라 불렀다.

고등학교 입학 첫날이자 널 처음 만난 날. 새로운 학교, 새로운 친구. 낯선 분위기 속에서 서로를 탐색하느라 정신이 없었다. 내게 새로움이란 늘 생존이었다. 곧 점심시간이었고 함께 점심을 먹을 친구를 구해야 했다. 자칫하면 혼자 밥을 먹어야 할 판이니까.

이맘때 나는 혼자 있는 걸 누군가에게 들키고 싶지 않아 했다. 그때 내게 혼자라는 건 초라함과 같은 말이었으니까. 이때 한 아이가 나와 친구가 하고 싶다며 다가왔다. 그러지 않을 이유가 없었다. 날 초라해질 위기에서 구출해준 사람. 그때 나에게 친구란 그저 함께 다니는 사람 정도였다.

"사실 내가 네 뒷조사를 조금 해봤어."

분명 그때 우리는 열일곱 살이었고, 그 말을 들었을 때 너와의 관계를 끝냈어야 했다. 우리 아버지가 뭘 하시는지, 내가 어떤 아이였는지, 성적은 어떤지 등을 내가 다닌 중학교 친구들에게 물어봤다며 '수줍게' 말하는 너를 과감히 끊어냈어야 했다. 나에 대한 관심과 노력이 가상하다고 칭찬이라도 바란 걸까. 그 뒷조사에 내가 무사히 통과했다니 다행이라고 기뻐 춤이라도 췄어야 했나. 너는 참 당당했다. 나의 현재를 알기 전에 과거부터 알려했던 너. 그것도 남의 입으로. 그럼에도 당시엔 단순히 '신기한' 애 정도로 여겼다. 난 네가 필요했으니까.

그로부터 지금껏 10년이 넘는 세월 동안 너는 나의 친구였다. 그 외에 이 관계에 딱히 어울리는 수식도 없었다. 타고난 성질은 변하지 않기에 너의 속물 기질은 변하지 않았다. 다만 따져보는 것들만 바뀔 뿐이었다. 성적이 학벌로, 아버지 직업이 그 사람의 연봉으로. 견딜 수 없을 정도로 함께 있는 시간이 힘겨웠던 적도 있다. 그럼에도 이 관계를 정리하지 않은 이유는 두 가지였다. 네가 나를 좋아한다는 것과 남들이라면 숨겼을 속물 기질을 너는 스스럼없이 드러낼 정도로 솔직하다고 생각해서였다. 조금은 숨겨도 될 텐데.

그날도 너는 어김없이 남을 너의 기준으로 평가해댔다. 그 사람 출신 대학을 보아하니 집안 수준은 보나마나 뻔하고, 주변 인맥도 짐작이 간다는 둥. 너에게 성격

과 인품은 연봉과 학벌을 보면 저절로 드러나는 것이
었다. 나의 표정은 점점 굳어갔고 말수가 줄어들었다.
반박해봐야, 대꾸해봐야 무슨 소용이람. 손톱을 물어
뜯는 습관은 고칠 수 있어도 타고난 가치관은 고쳐지
지 않는다던데. 그날 이후로 널 보지 않겠노라 다짐했
다. 늘 정이라는 문턱 앞에서 무너진 오래된 다짐이었
지만 이번만큼은 달랐다. 나는 이제 혼자서도 밥을 잘
먹는다. 이제는 네가 필요 없어졌다는 의미다.

　네가 나를 좋아하는 이유를 의심한 적이 있다. 우리
아버지의 직업이 네 마음에 들어서? 내 성적이 너보다
좋아서? 내가 누군가에게 '가성비'가 좋아서 친구가 된
거란 사실을 그때 알았다면 얼마나 슬펐을까. 그런데
그렇게 생각하면 나도 웃긴 사람이다. 따지고 보면 나
도 할 말은 없다. 애초에 나의 초라함을 가려줄 그 친구
가 '필요'했던 거니까. 그래서 그 친구가 내 뒷조사를
했대도 넘어간 거였다. 나도 혼자가 싫었다. 누가 누굴
탓할 수 있을까. 애초에 필요로 만들어진 관계를 '친구'
라고 불렀던 게 잘못이다.

　사람을 사귄다는 건 뭘까. 세상에 완벽한 사람은 없
고, 나도 허점투성이에 모순덩어리면서 인연을 맺을

때는 사람을 가린다. 그렇게 어렵사리 한 지점에서 만난 인연들도 때에 따라 멀어지기도 한다. 그것을 유지하고자 노력한다면 인연이 이어질 테고 아니라면 두 사람 사이의 줄은 얇게 늘어나다가 끊어질 것이다. 지금처럼.

한때는 친구의 거침없는 성격과 분명함이 좋았다. 하지만 그에 못지않은 치명적인 단점이 있었다. 어릴 땐 이를 견딜 의지가 있었으나 지금은 없는 것뿐이다.

필요로 시작한 관계가
불필요해지기 시작한 순간,
그땐 바로 끝이다.

마음에 힘을 빼고 편안하게.
그래, 그거야

———

누군가를 웃기고 싶다는 건
사랑받고 싶다는 말과 같지 않을까

말과 말 사이에 누군가 적절한 말을 더한다. 그렇게 젠
가처럼 잘 쌓인 말들은 안정적인 기둥이 된다. 그 아래
에서 사람들은 편안함을 느끼고 웃고 즐긴다. 그런데
단 한 사람, 나는 젠가 앞에서 어떤 말을 빼고 더해야
할지 몰라 허둥지둥한다.

　불쌍한 사람. 가만히 있으면 반이라도 갈 텐데, 왜 꼭
나서느냐고? 나도 뭔가 보탬이 되고 싶으니까, 나도 사

람들에게 편안함과 웃음을 주고 싶으니까. 내가 지금 하는 말이 재밌을지 누가 알아? 말과 말 사이, 그 찰나의 순간에 영겁의 생각들이 나를 괴롭힌다. 치고 빠지는 타이밍이 중요한 그 순간에 나는 쓸데없는 데 시간을 허비하고 있다.

> "아, 맞아요! 어제 예능 프로에서
> ○○○ 씨가 말한 거랑 비슷하지 않아요?"

갑분싸. 갑자기 분위기가 싸해진다. 잘 쌓아놓은 젠가가 와르르 무너졌다. 아, 이게 아닌가봐 싶은 순간. 나에게는 참으로 익숙한 시간이다. 항상 시작은 같다. 이 말을 하면 재미있을 것 같아서 어렵게 용기를 낸다. 나름 회심의 한마디를 거들었을 뿐인데, 약속한 듯 주변이 급속히 냉각된다. 나만 제외하고. 이럴 땐 어떻게 해야 하는 걸까. 전진하던 배가 강풍에 추진력을 얻어 더욱 힘차게 앞으로 나아가고 있는데 난데없이 눈치 없는 선원 한 명이 닻을 내려버린 상황이다. 누구야, 대체? 예예, 바로 접니다.

위트. 사람들을 웃기고 싶다. 누군가를 웃기고 싶다

는 건 사랑받고 싶다는 말과 같지 않을까. 생각해보면 누구나 뻣뻣한 사람보다 유쾌한 사람을 더 좋아하니까. 소개팅, 동창회, 하다못해 그 어색한 상견례 자리도 그렇다. 언변이 좋은 사람 주변에는 사람들이 모이기 마련이다. 그래서인지 무한도전에서 개그맨 정형돈이 '어색한 뚱보'라고 놀림받을 때마다 편히 웃을 수 없었다. 나 같았다. 나도 내가 말할 때마다 맥이 끊기니까.

사랑받고 싶다.

사랑받고 싶은 욕구는 본능 같다. 생존 본능. 재치란 사람들과 잘 어울릴 수 있다는 자격증 같은 것이다. 사람들은 이 적절한 말들을 '센스'라고 불렀다. 상황에 대한 감각과 판단력, 그런 재주를 교과서에서는 가르쳐주지 않아 나는 늘 사서 고생을 했다. 센스가 없는 사람은 발품을 많이 팔 수밖에 없다. 바로 눈치다. 무능력한 탓에 몸이 고생하는 격이다. 대신 나의 동공은 누구보다 빠르게 눈치를 살핀다. 그렇게 상황에 맞는 정답을 찾고자 고군분투하지만 그럼에도 내뱉는 건 오답투성이다.

말해도 되는 상황인가? 아닌가? 심장박동수는 급격히 올라간다. 그러다 땡땡땡! 상황 종료. 고민만 하다 종이 쳤다. 용기를 내서 말을 꺼낸다 해도 또다시 갑분싸라는 악령이 쫓아온다. 끼어들 타이밍을 놓친 것이다. 타이밍뿐이랴. 안타깝게도 사람들은 안다. 내가 꺼낸 말 속에 긴장도 함께 들어 있다는 걸. 잔뜩 경직된 표정과 멈추지 않는 동공이 그것을 대변해준다. 나는 다시 타이밍을 기다린다. 그러다 보면 말수 없는 사람이 되어 있다. 더욱 깊은 수렁에 빠진다.

요즘은 아침마다 수영을 배우고 있다. 물에서 호흡하는 것에 두려움이 있어 여지껏 시도해본 적이 없었는데 마음을 크게 먹고 도전해보았다. 하지만 물 앞에 서면 각목같이 뻣뻣해져서 물이 나를 잡아먹을까 겁에 질렸다. 그럴 때면 선생님은 "몸에 힘 빼세요!"라고 외친다.

수영에서 기본적으로 중요한 건 장비도 체력도 아닌, 물에 가라앉을 것 같은 두려움을 버리는 것이다. 그러려면 몸에 힘을 빼야 한다. 죽을지도 모른다는 공포를 이겨내야 한다. 힘이 들어간 몸은 나를 더 깊숙이 가

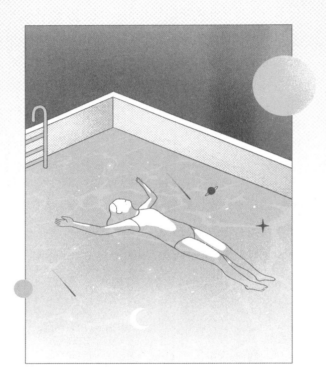

라앉힌다. 살고자 낸 힘이 나를 죽이고 있었던 것이다. 경직은 몸을 무겁게 만든다. 사람들과의 젠가도 똑같지 않을까?

물의 흐름에 나의 몸을 맡기고 두둥실.

조금 더 과감히, 편안하게, 힘을 빼고.

그렇지, 그렇게.

44,540원과
단발머리

———

문득 답답해졌다.

나의 삶에는 일탈이란 게 없는 걸까

월말이면 어김없이 휴대폰 요금 고지서가 날아온다.
이번 달에도 44,540원. 익숙한 숫자들의 조합이다. 영
수증을 찾아보니 지난 1년간 지불한 휴대폰 요금도
매달 44,540원이었다. 문득 답답해졌다. 나의 삶에는
일탈이란 게 없는 걸까.

　나는 틀에 맞춰 사는 사람이다. 그걸 벗어나면 큰일
이라도 나는 듯 어떻게든 맞추고자 하는 강박이 있다.

나를 한 단어로 정리하자면 안정감이다.

핸드폰 번호: 15년
머리 길이: 20년
단골 카페: 10년
이메일 아이디와 비밀번호: 16년
버스에서 앉는 자리: ○○년(늘 맨 앞)

정육면체인 각설탕의 모서리들은 반듯하게 열 맞춰 있다. 흐트러짐 없는 각을 유지하며 자기 자리를 지킨다. 제일 두려워하는 것은 외부의 힘이다. 새로운 무언가의 등장에 애써 유지해온 각이 무너질까 긴장하며 현재 위치를 사수한다. 변화를 시도하기보다는 외려 두려워하는 사람이 바로 나다.

수학 문제를 풀 때 희열을 느낀다. 얼기설기 엉켜 있는 길을 하나하나 풀다 보면 출구가 보인다. 문제 안에 존재하는 법칙이 나를 편안하게 한다. 정해진 테두리 안에서 뛰노는 나는 웃고 있다.

그날도 그런 날이었다. 틀에 박힌 날. 10년 동안 즐겨

찾던 카페에서 똑같은 자리에 앉아 늘 마시던 자몽주
스를 마셨다. 창밖 너머에 10년간 이 카페를 올 때 지나
온 길이 보였다. 나의 발자국에 닳고도 닳은 길. 힘겨운
듯 움푹 패여 있다. 이러면서 왜 나는 스스로를 자유로
운 영혼이라고 생각했을까? 진짜 자유로운 사람은 이
런 테두리가 있다는 것조차 모를 텐데. 사실대로 말해.
그저 실패를 두려워했던 거라고. 새로운 길에 들어섰
다가 길을 잃게 될까봐 매일 가던 그 길을 좋아하기로
결심한 거라고. 진짜로 그 테두리를 좋아한 건 아니었
다고. 누구보다 새로움을 갈망하고 있다고. 그때 무슨
용기였는지 지금이 기회라고 누군가 내게 속삭였다.

　그 길로 미용실에 가서 머리카락을 잘랐다. 그것도
단발머리로. 20년 동안 가슴팍까지 늘어진 머리를 유
지하고 있었는데 난데없이 뒷목을 드러냈다. 그전까진
누가 묻지 않아도 나는 단발머리가 어울리지 않는다고
말하고 다녔다. 해보지도 않고 어떻게 아냐고 묻는 사
람에게는 센스가 없다며 비난했다.

　숨고, 겁내고, 합리화하고, 갖은 이유를 끌어와 그건
안 된다고 반박했다. 많은 고민의 끝엔 이미 답이 정해
져 있었다. 그럼 이제껏 나는 대체 무슨 고민을 한 걸까.

여태 먹은 쌀이 아깝다. 20년만의 단발머리. 거울 속에 처음 보는 낯선 여자가 어색하다. 그래, 뼛속까지 녹아든 익숙함에 대한 관성이 이리 쉽게 물러설 리 없지. 괜찮아질 거야. 이리 보고 저리 보고, 자꾸 보니 낯선 여자에게 정이 간다. 단발머리 여자가 썩 마음에 들기까지 했다.

이제껏 내가 도망쳐온 단발머리들이 얼마나 많을까.
더 많이 잘라보자.
쉽지는 않겠지만.

어젯밤 먹다 남긴
짜장면

———

행복할 때는 지나간 것들이
생각나지 않는다

행복하지 않을 때면 어김없이 지나간 것들이 떠오른
다. 간사하다. 그때 버린 그건 이런 점이 좋았는데(이건
왜 그게 안 되지?), 그 아이는 이럴 때 이렇게 해줬는데(이
사람은 왜 그렇게 못 해주는 걸까?) 하는 것들.

　반면 행복할 때는 지나간 것들이 생각나지 않는다.
이기적이다. 지난 밤 먹다 남긴 짜장면처럼. 배가 불러
서 남은 짜장면을 버려놓고, 배가 고파진 지금 나는 어

젯밤 짜장면이 간절해진다. 지금은 다시 먹는대도 불어서 맛도 없을 짜장면. 갓 만들어진 짜장면의 따뜻함만을 기억해내 멋대로 그것을 추억한다. 정작 짜장면은 내 입으로 들어올 생각도 없는데, 이미 잔뜩 붓고 차가워져버린 후인데, 나는 그렇게 내 마음대로 짜장면을 내 입속에 오라가라 한다.

> 미련은 그런 것이다.
> 어젯밤 먹다 남은 짜장면처럼
> 내가 지금 행복하면 생각날 리 없는 것.

지금 아무리 미련을 떨어도 그때의 행복을 되돌릴 수는 없다. 과거를 추억해봤자 지금으로선 아무 소용없는 짓이다. 그 행복은 과거의 것이니까. 현재의 행복은 현재에서 찾아야 한다. 과거는 과거다. 그런 의미에서 오늘 저녁은 갓 지은 밥에 겉절이를 먹어야겠다. 어젯밤 짜장면은 안녕!

넌 나를 돋보이게 해.
아주 나쁜 아이로

———

너의 한결같은 차분함에
오류를 만들어주고 싶었다

"싫어도 어떡해. 도와줘야지, 뭐." 회사 동료가 '또' 자기 업무를 그에게 떠넘겼다. 떠넘겼다는 표현은 지극히 주관적인 것처럼 보이지만 한두 번이라면 우연일 수 있어도 이미 습관적인 수준이었다. 그도 동료의 태업에 불쾌해했다. 그럼에도 업무는 계속 도와주고 있었다. 좋은 게 좋은 거라나. 선행은 결국 다 돌아온다느니 어쨌다느니 하면서 궤변만 늘어놓았다. 내 귀엔 그저 자기 위로일 뿐이다.

그는 착한 남자다. 그것도 너무 착해서 답답한 남자. 그 사람을 구석으로 몰아세운 적이 있다. 너무 착하면 욕먹는다는 메시지가 담긴 잔소리이기도 했지만 조금 더 솔직히 말하자면, 내가 기분이 나빴다. 그의 선함은 나의 나쁜 면을 더욱 돋보이게 하니까. 혹은 나를 찔리게 하거나. 사실 나도 알고 있다, 그 사람이 옳다는 걸. 모두가 그처럼만 산다면 세상에는 어떤 갈등도 없을 것이며, 관계의 불화도 없을 것이고, 나처럼 삐딱한 시선으로 우울해하는 사람도 없을 것이다.

하지만 나는 그와는 달랐다. 에스컬레이터를 타려다가도 타인이 나와 동시에 다가온다 싶으면 절로 발걸음의 속도가 빨라진다. 나도 모르게. 내가 먼저 가겠다는 속셈으로 추월 의지가 급격히 상승한다. 기다리는 건 싫으니까. 고작 10초도 안 될 그 시간도 양보하기 싫었다.

그는 나와는 달랐다. 에스컬레이터를 타려다가도 타인과 부딪칠 것 같으면 그들이 먼저 지나가길 기다린다. 엘리베이터에 타고 내릴 때도 타인이 먼저다. 배려가 몸에 밴 사람이다. 한때는 그의 이런 면이 빛나 보일 때도 있었다. 지극히 이기적이고 어린애 같은 나에겐 그 사람의 여유 넘치는 태도가 어른스러워 보였다.

그: 뭐 먹을까?

나: 짜장면?

그: (김치찌개가 먹고 싶기도 한데) 짜장면 먹고 싶구나! 그래, 그러자.

처음에는 그의 호의를 배려로, 나를 우선하는 것으로 생각했지만 계속되니 수동적인 사람, 의존하는 사람으로 느껴졌다. 또 그의 착함은 잘 정리되어 책 한 권도 꺼내기 어려운 서재를 보는 것 같았다. 마구 어지럽히고 싶다는 생각까지 들 때가 있었다. 그의 정돈된 삶과 원칙에 나는 점차 숨이 막혔다. 그의 반듯한 선들을 보고 있자면 나의 삐뚤빼뚤한 선들을 돌아보게 된다. 팽팽하게 조여진 선들의 긴장감이 나의 숨을 막고 급기야 도망치고 싶게 한다. 부담스럽다.

나는 이렇게 화가 많고 이기적인데, 항상 착하고 타인에게 배려 넘치고 차분한 너는 나를 더욱 악마처럼

보이게 하는 '나쁜 사람'이었다. 나는 그 사람의 '인간미'를 찾고 싶었고 어떻게든 내면의 분노를 이끌어내고 싶었다. 나만 이기적인 사람이 아니라는 걸 증명하고, 그 사람의 한결같은 차분함에 오류를 만들고 싶었다.

그: 오늘은 뭘 먹을까?

나: 글쎄, 넌 뭐 먹고 싶은데?

그: 너 덮밥 먹고 싶댔지? 그거 먹으러 갈까?

나: 나 말고, 네가 먹고 싶은 게 뭐냐고.

모든 질문은 나를 향해 있었고 언제나 답은 나의 몫이었다. 그에게도 선택의 기회를 주려 했지만 그는 간단하고도 허무하게 나에게 다시 공을 넘겨버렸다. 그것이 그의 배려이자 애정 표현이었다. 하지만 나는 우리의 연애가 '나의 취향 탐구'가 되는 것 같아 싫었고, 나에게 전적으로 의존하는 그에게 피곤함을 느꼈다. 하루는 굳이 그에게 선택을 맡겼는데, 그래도 결국 아무것도 결정하지 못했다. 차라리 화라도 내주길 바랐다. 너도 가끔은 나와 비슷하지 않느냐고. 나처럼 화가 날 때가, 이기적으로 굴고 싶을 때가 있지 않느냐고. 그러니 화를 내보라고, 어서.

"그랬겠다. 미안해, 내가."

끝까지. 아, 속 터져. 잘났다, 진짜. 커피를 마시다 하
얀 셔츠에 흘리면, 아무리 물티슈로 문질러도 커피자
국은 연해지기만 할 뿐 더욱 도드라져 보인다. 짜증이
난다. 그는 나에게 이런 존재다. 나의 더러움이 짙든 옅
든 늘 나의 더러움을 부각시키는 사람이다. 사람도 적
당히 더러워야 매력적인 걸까.

너무 더러운 게 문제일까,
너무 깨끗한 게 문제일까.

그가 문제일까, 내가 문제일까.

전 친구가
없습니다

———

내 눈에는 친구로 보이는 사람들을
그는 '지인'이라 불렀다

회사를 다닐 적에 참 불편한 사람이 있었다. 몸에 에어
컨이라도 달고 다니나 싶게 그 사람에게선 찬바람이
쌩쌩 불었다. 공교롭게도 나는 이 사람하고 부딪쳐야
하는 일이 많았다.

한번은 그와 외근 중 단둘이 점심식사를 한 적이 있
다. 미리 말해두지만 누군가에게 질문을 건네는 게 반
드시 관심을 나타내는 건 아니다. 사적인 질문의 형태

를 띤 공적인 질문도 있다. 나도 네가 딱히 궁금해서 묻는 건 아니야. 단지 지금 이 시간을 어색하고 숨 막히게 보내고 싶지 않으니까 묻는 거니 착각하지 말라는 느낌의 질문.

"보통 주말엔 뭐하세요? 친구 분들 만나시나요?"
"친구 없습니다."

참신한 답변이다. 틀에 박힌 대답이 돌아올 줄 알았기에 그에 상응하는 틀에 박힌 질문으로 되돌려주려던 참이었다. 그런데 단칼에 날아온 예상치 못한 대답. 외톨이를 자처하는 누군가를 위해 준비된 위로가 없어서 당황스러웠다.

처음에는 문장을 그대로 이해하려 하기보단 그저 나와의 대화를 차단하기 위한 방법 정도라고 여겼다. 사람이 마주 앉아 음식을 먹는 자리가 따뜻했으면 하는 바람에 건넨 말이 입 밖으로 내뱉어지자마자 스매싱을 당한 기분이었다.

만약 그 사람이 내게 무언가 강렬한 인상을 심어주기 위해서 그런 멘트를 날렸다면 성공이었다. 그날 퇴근하면서 계속 그 사람의 셀프 외톨이 선언이 머리에 맴돌았으니까. 얼음장같이 차가운 그 사람은 친구가 없다고 했다. 나에게 호기심을 심어준 그 사람에게 계속 시선이 갔다. 그를 더 알고 싶어졌다. 공적 질문은 점차 사적 질문으로 변했다.

가뭄에 콩 나 듯 그가 던진 자잘한 단서들로 그를 맞춰가기 시작했다. 내 눈에는 친구로 보이는 사람들을 그는 '지인'이라 불렀다. 함께 웃고 떠들고 시간을 죽인다. 하지만 피상적인 대화만 할 뿐 그는 그들에게 깊은 속내를 보이지 않았다. 그들은 단지 함께하는 시간을 즐겁게 보내기 위한 도구일 뿐이었다. 그의 말은 묘하게 설득력이 있었다. 동시에 나의 곁에도 친구라 불리지만 그의 눈엔 지인으로 보일 사람들만 가득한 것 같아 표정이 어두워질 무렵, 그가 내게 질문을 던졌다.

"다혜 씨는 친구가 많나요?"

서로의 가치관을 이해하고 서로의 과거와 현재를 받아들이고 함께 미래를 내다보는 일이 어색하지 않은 관계, 연인에게나 견줄 그 기준을 그 사람은 친구에게도 갖다 대고 있었다. 적당한 선까지 관심을 갖고 간섭을 하는 관계. 나는 그들과 적당히 시간을 떼우고 외로움을 덜어낸다. 그게 지금의 내 친구들 아닐까? 오랜 친구랍시고 그들에게 많은 기대를 하지만 매번 실망을 하는 건 정작 내가 그들을 제대로 모르기 때문일 수도 있다. 지금까지 쌓아온 우정은 나는 혼자가 아님을 세상에 증명하기 위한 관계일지도 모르겠다.

나는 이제껏 친구라는 사람들에게 나를 내보이지 않았다. 잃을까봐, 싸울까봐. 배려하는 듯하지만 사실 도망 다니고 있었다. 누구에게도 나의 밑바닥을 보여주지 않았고 남의 것도 보지 않는, 좋은 면만을 공유하며 깔깔거리는 얕은 관계가 나에게는 친구였다. 그러다 보니 정작 내가 마음이 무너지듯 힘든 날이면 편하게 속을 터놓을 사람이 없었다. 내가 잘못된 길로 방향을 틀면 거침없이 등짝을 때려줄 수 있는, 그 손길이 미움이 아닌 애정에서 비롯되었다는 걸 알고 있는 그런 '친구'는 없었다.

그런 점에서 이 사람은 나와 비슷했다. 대놓고 모두에게 냉기를 풍기며 접근금지 명령을 내린 그에게 친구가 있을 리 만무했다. 그 이후로 그에게 던지는 사적 질문을 멈추었다. 섣불리 가까워지려 노력하지 않았다. 어색하면 어색한 대로, 자신을 터놓고 가까워지는 걸 어려워하는 사람들은 굳이 시간을 재촉할 필요가 없다. 그 관계를 친구라 부르든 지인 혹은 동료라 부르든 상관없었다. 그 관계에 어떤 이름을 붙이는지가 중요한 게 아니니까. 인간관계가 하나의 오케스트라라면 오합지졸까진 아니어도 들어줄 만한 합주를 하고 싶다.

지금 우리는 서로 한창 소리를 맞춰보며 조율 중이다.
진짜 연주는 아직 시작되지 않았다.

나는 사랑하는 법을
모릅니다

———

어쩌면 나는

필요를 사랑이라고 착각했던 건 아닐까

취향이 확고할수록 자기 마음에 드는 무언가를 만날 가능성이 희박하다. 자기 취향 외엔 쳐다도 보지 않으니까. 그래서 그런 높은 기준을 통과한 것에는 더 큰 애착이 생긴다. 물건도 예외는 아니다. 오랜 기간 나에게 도움을 주고 손때가 묻은 것. 나에게는 그중 하나가 필통이다.

　사실 이 녀석은 애초에 필통이 되려고 태어난 건 아

니었다. 아버지의 지인이 아버지께 선물한 향이 담긴 원통형 케이스였다. 무광의 검정 색지로 감싸진 것이 마음에 들어 그날로 내 필통이 되었다. 이 필통은 나와 함께한 지 어언 5년이 되었다. 그런데 겉포장이 종이인 탓인지 접착력이 약해지자 뚜껑 윗부분이 떨어져나갔다. 머리카락이 훌렁 벗겨진 모양새랄까. 임시방편으로 대충 모양만 맞춰서 갖고 다녔다. 집에 가서 붙여줘야지 하고는 그렇게 1년이 흘렀다.

'내가 이렇게나 게으르다'로 끝낼 이야기는 아니다. 나는 정말 그 필통을 소중하게 생각한 걸까? 단지 익숙했던 건 아닐까? 소중하다는 건 아낀다는 것이고, 아낀다는 건 애정을 준다는 것인데, 사실 나는 나 좋을 대로만 생각한 것인지도 모르겠다. 늘 옆에 있으니까. 내일 하지, 뭐. 이번 주말에 하지, 뭐. 늘 그런 식으로 미루기만 했다. 언제까지 필통 뚜껑이 간당간당한 상태로 버텨줄지도 모르는데. 어쩌면 나는 필요를 사랑이라 여긴 건 아닐까.

그 사이 대충 얹어놓고 다녔던 필통 뚜껑은 몇 번이고 잃어버릴 뻔했다. 고정되어 있지 않은 탓에 쉽게 떨어져 바닥에 나뒹굴었고 사람들에게 밟혔다. 나는 무

엇을 소중히 여기는 걸까. 소중하다는 게 뭔지는 아는
걸까.

이제까지 '소중하다'라고 생각했던 사람들이 떠오른다.
그들은 내게 온전한 사랑을 받았다고 느끼고 있을까.
우선 오늘은 꼭 필통 뚜껑을 붙여줘야지.

오해와 이해

말을 하다 보면 여기가 어디지 싶을 때가 있다.

이게 나의 진심인가.

이건 어디에서 나온 말이지.

뭐가 진짜인지도 모르겠다.

내뱉은 말은 이미 바닥에 널브러져 있고

상대방은 그 말들을 조합해 나를 가늠하고 있다.

그 모습에 당황한 나는

떨어져 있는 말을 보며

알맞은 말을 다시 이어붙이기 시작한다.

오해는 여기서 시작된다.

사실 그 말은 완전한 내 마음이 아닌데.

나도 그 말이 어디서, 어떻게 나오게 된 건지 모르겠는데.

입에서 나온 소리가 내 눈에 보이고

그걸 다시 읽고 해석했을 때

나는 이미 길을 잃은 후였다.

이렇게 또 너와 멀어져간다.

2부

———

오늘도
허름한 기분으로
혼자

솔직해져야 하는
순간이 있다면, 바로 지금

———

타인은 나의 사랑을 모른다

두 사람이 만나 사랑을 했고, 얼마 후 관계가 끝이 났다. 공식적으로는 헤어졌으나 사실 아직 헤어지지 못했다. 간판은 내렸지만 가게는 여전히 영업 중이다. 연인이라는 틀에 속해 있지는 않아도 분명 두 사람은 사랑을 했다. 다만 서로 사랑의 타이밍이 조금 달랐다. 한 사람이 자리에 서서 우두커니 상대를 기다리다가 결국 지쳐 떠나버리면, 그제야 상대방이 돌아왔다. 그렇게 역할을 바꿔가며 몇 번을 반복했다. 그럼에도 두 사람이 서로를 사랑하지 않았던 적은 없었다. 이런 이유로 아직도 이상한 관계가 유지되고 있다.

우리는 사랑 앞에 얼마나 솔직할까? 얼마나 대담해질 수 있을까? 타인의 시선, 세상의 조건, 불확실한 미래 등 두 사람 사이에 거추장스럽게 매달려 있는 것들은 모두 무시해버리고 사랑에 몰두하기로 한다면? 두 사람만 존재하는 세계로 만들 용기는 오로지 내 몫이다. 상대방에게도, 다른 누구에게도 책임을 쥐어주지 말자. 주변을 의식하고 계산하기 시작하는 순간, 사랑은 방향을 잃는다.

'이것저것 재지 말고 좀더 솔직해져봐.'

어쩌면 정답은 이미 나와 있는지도 모른다. 헤어졌으나 헤어지지 못한 연인이 듣게 될 답은 뻔하다. 사랑은 보이지도 만져지지도 않기에 모호해 보일 뿐이다.

두 사람이 함께 시작한 사랑은 한쪽이 균형을 잃으면서 끝이 났다. 이별을 하면서도 솔직하지 못해 의도치 않은 상처를 주고받기도 했다. 간판을 고쳐 달아볼까 싶기도 하지만 또다시 망가질까 두려워 이내 고개를 젓는다. 마음속에 있는 불안을 마주해야 했는데, 두 사람은 끝끝내 하고 싶은 말을 삼켜버렸다. 서로의 마음속에는 오해 덩어리만 잔뜩 쌓이고 말았다.

이쯤 되면 엉뚱한 곳에 가서 심경을 토로하는 지경까지 이른다. 친구, 가족, 선후배, 직장 동료, 하다못해 처음 만나는 사람에게도 자신의 속마음을 털어놓는다. 그리고 그들은 각자의 시선에서 당신의 머릿속에 서로 다른 말들을 흩어놓는다.

이는 명백한 시간 낭비다. 여럿이 머리를 싸매고 앉아 다른 사람의 마음이 어떨지 예상하는 건 얼마나 무의미한가. 사실 상대방의 마음을 열심히 추측하는 이유도 내 마음이 덜 상처받기를 바라기 때문이다. 내 패를 보여주기 전에 상대가 갖고 있는 패를 보려는 비겁하고 얄팍한 수작이다. 그래서 엉뚱한 사람들과 모여 이런 수 싸움을 하고 있는 게 아닌가. 사람들은 이런 나를 두고 답정너라 부르기도 한다. (지금 프로필 사진 바꾼 거, 나 때문이지?)

이때 상대에게서 내가 원하는 게 무엇인지 알아내기

위해 우리는 다른 사람의 도움 없이 자신에게 끊임없이 질문을 던져야 한다.

나의 마음은 지금 무엇을 원하는가.
나는 당신과 무얼 하고 싶은가.

질문이 혼란하면 답을 내리기는 더 어려울 것이다. 그래서 우리는 누구든 끌어들여 의존하려고 한다. 하지만 그들에게 얻은 답을 그대로 행동에 옮긴다면 결국 남는 건 후회뿐이다.

타인은 나의 사랑을 모르고,
나의 삶을 대신 살아주지 않는다.
홀로 일어서야 한다.
무엇이 되었건
나는 이미 답을 알고 있다.

설 렘 의 다 른 말 ,
두 려 움

———

연인이 된 지 이틀째.

나는 당신과 헤어지고 싶어졌다

"우리 만나볼래요?" 이 한마디로 두 남녀는 달라진다. 말없이 손을 잡아도, 혹은 입술을 훔친대도 성추행이 되지 않고, 누군가 상대방에 대해 물어본다면 '남자(여자) 친구'라 당당히 말할 수 있는 관계가 된다. 순간마다 느끼는 감정들을 서로에게 마음껏 발산할 수 있다. 이맘때 두 남녀의 눈빛은 늘 영롱하다. 한 여자, 바로 나를 제외하고.

나는 새로운 시작이 주는 설렘을 마주하면 늘 속이 거북하다. 난데없이 불어온 모래바람에 눈을 질끈 감아버리는 것처럼 이러지도 저러지도 못하고 그 자리에 얼어붙어서 하염없이 눈물만 쏟아낸다. 눈에서 겨우겨우 모래 한 알을 빼낸 후에야 발걸음을 뗀다. 아예 빼내지 못할 때도 있다. 그럴 땐 눈으로 꿀꺽 삼켜버린다. 벌겋게 달아오른 눈은 이내 평온해진다.

드라마 속에서, 또 카페에 앉은 저 연인들도 모두들 일시적인 설렘을 조금이라도 늘려보려고 안달인데, 왜 나는 설렘이 싫을까? 정말 '설렘'이 문제인 걸까?

어느 날 삶에 새로운 무언가가 '침입'한다. 침입자는 새로운 집이 되기도 하고 직장이 되기도 하고 또 사람이 되기도 한다. 원하든 원하지 않든 나의 하루는 침입자에 의해 변하고 나는 이에 거부반응을 느낀다. 이때 가장 큰 감정은 '두려움'이다. 예측 가능했던 일상에 예측 불가능한 무언가가 들어오는 것. 심장이 뻐근해진다. 학교를 다니면서 두 번의 전학과 네 번의 이사를 다닌 탓일까. 내 인생에서 '적응'은 큰 과제면서 난제였다. 그중에서도 난이도 상에 해당되는 문제는 단연, 연인이었다.

'이 사람은 왜 이러는 거지?'

'왜 연락을 안 하지? 지금 어디에 있는 거지?'

'이 반응은 뭐야? 내가 어떻게 해줘야 해?'

나를 사랑하는, 나만큼 복잡한 또 하나의 자아를 상대하는 일, 이것보다 예측 불가능한 일이 또 있을까? 다음을 확신할 수 없기에 나의 레이더는 늘 풀가동 중이었다. 눈동자는 쉴 틈 없이 움직였고, 허투루 정보를 흘려버리지 않기 위해 한껏 날을 세웠다. 누군가는 이 과정에서 설렘을 발견한다고 했던가. 하지만 나는 설렘이 불편하다. 설렘, 다른 말로는 긴장감.

사랑하는 사람이 생기면 나의 심장은 크게 요동쳤다. 심장이 빨리 뛰는 두근거림이 누구에게나 좋은 것만은 아니다. 나는 그 진동이 불쾌했다.

'내가 왜 이래야 하지. 그만하고 싶다.'

'도망가고 싶어. 혼자 있고 싶어.'

내게 평정심을 깨버리는 타인의 존재는 불청객이었고, 그래서 공식적으로 관계에 이름을 붙이기를 주저했다. 서로의 삶에 깊숙이 들어오지 않은 상태에는 두 사람이 서로를 구속할 수 있는 여지가 약하기 때문이다. 무언가를 강하게 요구받지도, 그에 반드시 대답을 해야 할 의무도 없는 애매한 관계만 이어나갔다.

그러다 보니 어느새 세상의 눈에 나는 자유분방한 사람이었고, 때로는 나쁜 사람이기도 했다. 하지만 그러면서도 그들은 내 안을 들여다보려 하지 않았다. 자신이 이해할 수 없다면 그건 단지 오답일 뿐이니까. 내가 의도를 했는지 안 했는지, 악의가 있었는지 없었는지는 중요하지 않았다. 나도 굳이 설명하고 싶지 않았다. '남을 사람은 남겠지'라는 쿨함을 연기했다. 그럴수록 마음의 문은 닫히고 피로감이 쌓였다.

그래서 나는 긴장감을 견뎌내기 위해 아주 사소한 습관을 만들었다. 바로 '눈으로 시간의 흐름 살펴보기'다. 어떤 대상과 초반의 서먹함을 견디기 어려울 때 흘러간 시간을 가늠할 수 있다. 함께한 시간이 길어질수록 마음속 일렁임도 잦아들기에 불안한 마음을 다독이

며 형체 없는 시간을 관찰한다. 책 또는 머리카락으로.

1. 독서

새 책을 사면 한동안은 쉽게 손을 대지 못한다. 이 역시 익숙해지는 시간이 필요하다. 마음이 동하면 책장을 넘겨보지만 이내 덮어버린다. 읽다 말고 어느 정도 읽었는지 지난 페이지를 훑기도 한다. 읽어낸 부분이 아직 적다. 술술 읽히지 않는다. 금방이라도 손이 베일 듯 빳빳한 종이에 언제쯤 익숙해질까 생각하면서 한숨을 쉰다. 다음 장까지만 버티자는 목표도 세워본다. 그러다 보면 어느새 나는 책 속에서 허우적대고 있다.

2. 머리카락

내 머리카락은 염색을 해서 노란색이고, 더는 머리를 물들이지 않기로 했기에 검은 머리가 충분히 자랄 때까지 기다리고 있다. 그런데 평상시엔 쑥쑥 자라던 머리가 어째 이번엔 더디게 자라는 것 같다. 새로운 관계를 시작했다는 의미다. 어서 불편한 초기를 지나 익숙한 시기가 오기를 괜한 머리카락에 간절히 바라본다. 식물에 물을 주면 무럭무럭 자라듯 머리카락도 그렇지 않을까 싶어 머리도 하루에 두 번씩

감는다. 머리를 말리고 검은 머리가 얼마나 내려왔나 거울을 뚫어져라 들여다본다. 눈썹과 나란하던 어제, 오늘도 눈썹과 사이좋게 나란하다. 아니, 어쩌면 눈썹 끄트머리까지 내려온 것 같기도 하다. 조금 더 자라지 않았을까 고개를 이리저리 돌려본다. 문득 내 꼴이 우스워 거울을 내려놓는다.

그래도 불안감이 치솟을 때는 회피하기보다 숨을 크게 들이쉬어야 한다. 나에게는 그저 적응할 시간이 필요한 것이다. 그동안은 나를 밀어붙이지 않는 선에서 각자 삶을 살아나가면 된다. 충분한 시간이 지나면 자연스레 그의 삶에 내가, 나의 삶에 그가 녹아들 것이다. 투명하고 잔잔한 물에 검은 잉크 한 방울이 톡하고 떨어진다. 갓 스며든 잉크방울은 불안한 듯 물속을 헤집어가며 너울거리지만 그것도 잠시, 물은 낯선 잉크 한 방울을 기꺼이 집어삼키고 다시 고요해진다.

이 모든 불안과 혼란의 감정들을 그가 이해할 수 있을까? 나는 또다시 새로운 관계의 문 앞에 서 있다. 나의 요란한 심장박동에, 불안한 시선에 그는 괜찮다며 다독인다. 정말 이해했는지는 모르겠지만 그는 나를 보며 천천히 고개를 끄덕인다.

이제 문을 두드릴지,
손잡이를 돌리다 말고 뒤돌아서버릴지는
나의 선택이다.
용기를 낼 차례다.
마주 잡은 그의 손이 따뜻하다.

잘 지낸다는
거짓말

———

언제쯤이면 이 가면을 벗고
괜찮지 않다고 터놓고 말할 수 있을까

잘 지내냐는 물음에 어제, 오늘 그리고 내일도 말한다.
'잘 지내'라고.

"오랜만이야! 잘 지내지?"
"그럼, 나야 늘 잘 지내지! 너는 어때?"
"나도 잘 지내지."

답이 정해진 질문에 대답은 의미가 없다. 세상에 잘 지내지 않는 사람이 과연 존재하긴 할까. 우리는 모두 '잘' 지낸다. 여기에는 한 치의 망설임도 없다. 틀에 박힌 각본 같은 질문과 대답, 그럼에도 계속 묻고 답한다.

1. 쳇바퀴 거주민 다람쥐 A씨

드디어 퇴근. 회사라는 감옥에서 탈출한 나는 자유를 얻었다. 이 귀하디 귀한 시간에 무얼 할까 벌써부터 들뜬다. 만원 지하철에 몸을 구겨 넣고 집에 돌아오는 길도 마냥 즐겁다. 요즘은 누굴 만나기보다 아무도 없는 집이 최고다. 가는 길에 맥주랑 과자 몇 봉지 사가야겠다. 밀린 예능도 실컷 봐야지. 얼른 집에 가서 아무 생각도 안 하고 싶다.

'왜 사는 걸까.'

하지만 칼같이 퇴근해서 집에 와도 저녁 여덟 시. 씻고 밥 먹고 뒷정리 좀 하고 나면 어느덧 밤 열 시다. 애석하게도 들뜬 마음을 감당하기에 눈꺼풀은 맥을 못 추고 무기력하다. 잠시 이불에 누워 눈을 감았다가 화들짝 놀라 일어나보면 다시 출근시간이다. 짧은 한숨을 내쉰다. 그리곤 다시 어제의 반복이다. 이미 입력되어 있는 매뉴얼대로 움직인다. 허물처럼 벗었던 옷가지들을 주워 입고 어제 퇴근하고 문 앞에 내려놨던 가방을 그대로 들쳐 멘다. 모닝 양치는 회사에서 해야 제맛이니 건너뛰기로 한다.

사람답게 산다는 건 무엇일까. 정확한 답은 몰라도, 이게 아니라는 건 알겠다. 어제와 같은 오늘, 내일이 기대되지 않는 지금. 이런 하루를 몇 번이나 반복해야 이 생이 끝날까. 나는 잘 지내지 않는다.

2. 세상에 둘도 없는 착한 남자 B씨

우리는 어릴 때부터 어디서든 늘 착하게 살라고 배웠다. 어려운 친구가 있으면 도와주고, 누군가에게 상처를 받아도 복수하기보다 용서해야 한다고. 그런데 살면서 보니 그 말은 틀렸다. 착한 사람이 사회에 나오면 그저 새로운 호구의 데뷔일 뿐이다.

'언제는 착하게 살라며.'

학창 시절, 수업 후 청소시간이 되면 호구와 호구가 아닌 아이들로 나뉜다. 쓰레기통을 비운다거나 물걸레질 같은, 하기 싫은 일은 늘 호구 몫이다. 약은 친구들은 빗자루를 들고 눈치껏 요령을 피운다. 직장에서도 마찬가지다. 품은 많이 들지만 성과는 낮은 프로젝트가 생기면 다들 이리저리 피하기 바쁘다. 결국 제일 만만한 사람, 즉 내가 그 일을 떠안게 된다. 제때 일을 끝낸 죄로, 거절을 못하는 나는 본의 아니게 회사에서 업무능력이 '가장 탁월한' 사람이 되었다. 타의에 의해 '고성능 노예'가 된 것이다. 나는 오늘도 점심 식사로 서류 더미 위에서 김밥 한 줄을 먹는다.

회사에서는 정치가 생명이라던 김 대리. 점심시간이 되기도 전에 부장과 꼭 붙어 나갔던 김 대리는 커피 한 잔을 사 들고 돌아왔다. 출근해서 점심시간이 다 되도록 코빼기도 안 보이던 그는 대체 무슨 일을 하는 걸까? 그는 말 한마디 한마디를 모두 자신의 이득과 연관시키는 부류의 사람이다. 얄미운 김 대리는 내 눈앞에 서서 위로의 말을 건넨다. 다 내가 착해서 그런 거라고. 그렇겠지. 나 같은 사람이 있어야 네가 꼼수를 부릴 수 있을 테니까.

이때 울리는 문자메시지 알림. 방금 정상적으로 신용카드 결제가 처리됐단다. 어머니가 결국 등산복을 구입하신 것이다. 옆집 아주머니의 새 옷 자랑이 여간 거슬린 게 아니었던 모양이다. 식비, 공과금, 월세, 교통비, 휴대폰 요금 그리고 예상치 못한 지출까지. 이로써 다음 달 월급도 스치듯 안녕 할 예정이다. 그래도 당분간은 요즘 보기 드문 효자라고 동네 아주머니들 입에 오르내리겠지. 이게 내가 진짜 원한 걸까. 나는 잘 지내지 않는다.

3. 샤넬 No. 5보다 암모니아 향 C씨

직장인에게 제1의 휴식장소는 단연 화장실이다. 한 평 남짓한 좁은 공간이지만 아무렴 어떤가? 어느 누구의 간섭 없이 편히 쉴 수 있는 유일한 공간인데. CCTV도 이곳은 범접할 수 없다.

사실 이곳에서 딱히 뭘 할 수 있는 건 아니다. 고작해야 포털사이트를 뒤적거리거나 SNS에서 남의 인생을 엿보는 것 정도다. SNS 속에는 세상만사 모두 행복투성이다. 모두가 행복 강박증이라도 걸린 것인지 멋지고 부러운 것들만 가득하다. 알고 싶지 않은데 자꾸 알려준다. 보고 싶지 않은데 계속 보게 된다. 안 보면 그만인데 짧은 쉬는 시간 동안에 할 일이 이것뿐이다.

차라리 SNS 세상 속 모습들이 전부라면 모두가 행복할 텐데, 현실은 다르다는 것을 알기 때문에 더 씁쓸해진다. 그럼에도 SNS를 보고 있으면 속이 뒤집어지는 건 또 왜일까?

성숙한 어른은 타인의 기쁨을 함께 나눌 줄 안다고 했다. 화장실 문에 붙은 손바닥만 한 거울에 내 얼굴이 비친다. 변기 위에 잔뜩 웅크리고 앉아 죽을상을 하고 있는 나. 그리고 어디선가 은은하게 풍겨오는 화장실 특유의 암모니아 향. 행복하지 않은 나는 남의 행복에 진심을 담아 기뻐해줄 수가 없다. 나는 잘 지내지 않는다.

우리는 언제나 잘 지내지 않는다. 그래서 모두 아주 자연스럽고도 태연하게 거짓말을 입에 달고 산다. 언제쯤이면 이 가면을 벗고 괜찮지 않다고 말할 수 있을까? 잘 지내냐는 질문에 우리는 자유롭게 내 마음을 표현할 수 있어야 한다.

행복해야 한다는 강박, 웃어야 한다는 위선, 강한 사람만 인정하는 폭력 등. 정상과 비정상을 가차 없이 판단하는 분위기에 너도나도 거짓 가면을 쓰고 산다. 이를 송두리째 뒤집을 순 없겠지만 (아마 혁명과도 같은 일이 될 것이다) 다만 무심코 정해진 대답을 내뱉지는 말아야겠다.

정말 괜찮을 때 괜찮다고,

'잘 지낸다'라고 말할 것이다.

적어도 나를 위해.

"아니, 난 잘 지내지 않아."

외로움에 사무친
우리

———

언제부터일까.

우리가 이토록 외로움에 사무치게 된 것은

오후 두 시, 어느 커피숍. 오랜만에 만난 두 친구가 마주 보고 앉아 있다. 두 사람은 서로의 근황을 시작으로 정신없이 그간의 공백을 메운다. 어떻게 지냈냐, 요즘은 무얼 하냐, 부모님은 안녕하시냐 등. 이야기 소재가 떨어질 무렵, 한 친구가 화장실에 다녀오겠다고 한다. 적절한 타이밍이다. 하마터면 무슨 말을 더 이어야 할지 몰라 어색해질 뻔했다. 랠리처럼 이어지던 대화에서 더는 받아칠 말이 없다는 건 참으로 어색한 순간이다.

잠시 긴장을 풀고 주변을 둘러본다. 홀로 남겨진 나는 다음 동작으로 예정되어 있었다는 듯 자연스레 휴대폰을 꺼내 든다. 세상에서 '나'와 노는 건 가장 어려운 일이다. 엄마 손을 놓친 아이처럼 어디로 향해야 할지 모르고 붕 뜬 상태. 그래서 자꾸만 바깥으로 고개를 기웃거린다.

이럴 때 가장 만만한 게 이 손바닥만 한 물건이다. 노란 네모 박스 안에는 수많은 사람들이 있고, 그 속에서 펼쳐지는 여러 랠리에 슥 끼어든다. 친구가 돌아올 때까지만이라고 다짐하면서.

얼마나 시간이 흘렀을까. 어느새 친구도 돌아와 같은 행위를 하고 있었다. 그렇게 얼마간의 시간이 흐른다. 각자 휴대폰이나 들여다보자고 만난 것이 아닐 텐데, 두 사람은 아주 열성적으로 손가락을 움직였다. 한 공간에 함께 있다는 것에 의미를 두어야 하는 걸까. 왜 우리는 함께하면서도 지금에 만족하지 못할까.

왜 맞은편에 사람을 앉혀놓고도
외로움은 채워지지 않는 걸까.

언제부터일까, 우리가 이토록 외로움에 사무치게 된 것은. 이 조그마한 기계가 생기고 나서부터? 그건 아닐 것이다. 사람으로도 채워지지 않는 외로움, 도무지 혼자서는 이 정체 모를 공허를 견딜 수 없어서, 방랑자처럼 또 다른 무언가를 찾아 헤매는 것이다.

카페 안에는 여러 사람들이 앉아 있다. 이야기를 나누는 사람들이 보이지만 사실 외로움을 채우고 있는지도 모른다. 어느 테이블은 말없이 조용했다. 머리를 툭 떨구고 손가락만 부산히 움직이는 사람들.

돌아가는 지하철 안에서 마주 앉은 사람들 역시 하나같이 희미한 표정으로 작은 창을 들여다본다. 중력을 이기지 못한 머리는 점차 손바닥 안으로 기어들어간다. 감당 못할 외로움을 어떻게 처리해야 할지 모르고 방황하는 가여운 우리들.

혼자를 두려워하는 우리는 공백의 틈을 주지 않기 위해 스스로를 밖으로 내몬다. 시간을 누군가로 꽉꽉 채우면서도 외롭다며 투덜댄다.

혼자가 쓸쓸해서 함께가 되었음에도 여전히 고독은 가시지 않을 때, 우리는 한없이 가엾고도 슬퍼진다. 그럼에도 이 사람은 나를 외로움에서 구원해주지 않을까

희망을 품으면서 혹시 모를 가능성에 목을 맨다.

언젠가부터 우리는 외로움에 사무쳐 있다.
그리고 그것을 온몸으로 드러내기 시작했다.

오직 바라는 것이 있다면
그것은 사랑

___

우리는 사랑하는 사람의 마음을
얼마나 잘 알고 있을까

어느 연인이 남자의 동창회에 함께 가기로 했다. 졸업
후 처음 나가는 동창 모임이라 남자는 적잖이 긴장했
다. 지금이라도 취소할까 싶기도 했지만 자신보다 들
뜬 여자를 보며 그 생각을 거두었다. 여자가 함께 가주
기로 하지 않았다면 바로 물렀을 것이다.

남자의 이야기

남자는 여태껏 동창회에 나간 적이 없다. 바빴다는 말은 핑계였다. 관심이 없던 탓도 있었지만 무엇보다 사람으로 가득 찬 곳에서 벙쪄 있을 자기 모습이 눈에 선했기 때문이었다. 굳이 시간을 투자해서 '어색한 바보'가 될 필요는 없으니까.

그런 남자에게 여자가 먼저 동창회에 함께 가자고 제안했다. 솔깃했다. 남자는 여자의 손을 붙잡고 있으면 무엇이든 해낼 수 있을 것 같았기 때문이다. 또 제가 아무리 초라한 모습이어도 언제나 내 편인 사람과 함께라면 잠시나마 빛날 것 같기도 했다. 그것이 나만의 착각일지라도.

성공의 기준이 권력이나 재력 같은 것이라면 동창회에서 오랜만에 만난 남자의 친구들은 변호사, 의사 등 하나같이 성공한 인생을 살고 있었다. 평범한 회사원인 남자는 명함을 건네기도 무안했더랬다. 수중에 있던 명함 한 장, 그마저도 꼬깃꼬깃한 것을 꺼내들었다. 그래도 함께 와준 여자가 있어 든든했다.

하지만 시간이 지날수록 여자는 이 자리가 즐거웠는지 웃느라 바빠 보였다. 여자의 한마디 한마디에 제 친구들은 술집이 떠나가라 웃어댔다. 순간 남자는 초라함을 느꼈다. 무대에서 자기 위로만 조명이 꺼진 듯, 자신의 존재감은 어디에서도 느껴지지 않았다. 심지어 여자에게도.

남자는 조용히 자리에서 일어났다. 혹시나 하고 뒤돌았을 때, 역시나 여자는 남자의 빈자리를 눈치채지 못했다. 그는 그 길로 집으로 돌아갔다.

여자의 이야기

여자는 남자의 동창회에 함께 가고 싶었다. 평소 그런 자리에 관심이 없는 사람이라 조심스레 건넨 말이었는데 선뜻 동의해주어 뛸 듯이 기뻤다. 친구들을 소개받는다니, 정말 이 남자와 가까워지고 있구나 싶어 기분이 좋았다.

여자는 만반의 준비를 했다. 이 날을 위해 새 옷도 꺼내 입었다. 여자는 처음 본 남자의 친구들과도 어색함 없이 어울리려 노력했다. 남자의 친구에게 점수를 따고 싶었다. 이 남자가 얼마나 괜찮은 여자와 만나고 있는지 증명하기 위해 성격 좋고 웃음 많은 여자로 변신했다. 편안했다면 거짓말이다. 작은 눈짓까지도 모두 남자를 위한 사랑이었으니까. 준비한 농담을 던지고 웃고, 웃고 또 웃고.

그런데 왜인지 남자의 표정이 좋지 않았다. 워낙 낯을 가리는 편이라 별일 아니겠거니, 대수롭지 않게 여겼더랬다. 얼마나 지났는지, 한참 얘기하다 보니 남자의 자리가 비어 있었다. 남자를 찾기 위해 자리를 빠져나왔다. 밖에는 비가 내리고 있었고, 남자는 어디에도 없었다. 전화도 받지 않는 그가 걱정되기 시작했다.

우산이 없었던 여자는 비도 피하지 못했다. 여름이 코앞까지 다가왔대도 밤비는 여전히 차가웠다. 온몸에서 물을 뚝뚝 흘리며 집 문을 열었는데, 소파에 누워 있는 남자가 보였다. 오늘 하루 동안 자신의 노력이 모두 물거품이 되는 순간이었다.

계속 여자의 이야기

여자는 남자를 흔들어 깨웠다. 본인을 빗속에 방치한 남자가 원망스러웠고 그 감정은 남자를 보자마자 분노로 폭발했다. 이유를 따져봤자 소용없다는 걸 여자는 잘 알고 있었다. 평소에도 남자는 싸울 때 쉽게 입을 열지 않았고 여자의 다그침에 외면으로 일관했었다. 이번에도 여자는 답답한 침묵에 남자를 끊임없이 몰아붙였고 이는 자신도 모르게 표출한 내면의 숨은 외로움이었다.

"나를 좀 사랑해줘."

남자를 위해 애쓴 자신의 사랑이 외면당한 순간, 여자는 사랑받지 못하는 불행한 여자가 됐다. 다른 것은 필요 없었다. 제어하지 못한 여자의 분노도 남자의 진심 어린 사랑 고백이면 충분했다. 이 마음을 말로 뱉은 순간 자신이 너무나도 초라해져 온몸으로 울부짖었다.

다시 남자의 이야기

어두운 거실, 멍하니 소파에 몸을 눕혔다. 생각해보면 여자는 어딜 가나 주목받는 존재였다. 자신과는 다르게 분위기를 주도할 줄 알고, 사랑할 줄 아는 사람이었다. 그걸 몰랐던 것은 아니다.

이제껏 관심도 없던 모임에 가기로 결심했던 이유도 그녀와 함께라면 괜찮을 것 같다는 용기 덕분이었다. 나의 부족한 면을 채워주는 사람, 나의 어두운 면을 밝혀주고 때로는 숨겨주는 사람. 이 사람의 손을 잡고 있으면 자신은 초라하지 않았다. 가만히 생각해본다. 남자에게 여자는 분명 그런 존재였다. 그 사실은 앞으로도 변하지 않을 것이다.

다시 두 시간 전을 떠올려본다. 생기 넘치게 환했던 그녀. 잘난 남자들에게 미소를 건네던 그녀 그리고 그녀 곁에서 한없이 작아지던 자신. 그랬다. 남자가 견딜 수 없었던 것은 자기 자신이었다. 이런 상황은 예상하지 못했는데, 이제 그는 지금까지와 다른 것을 보게 되었다.

'나를 좀 안아줘.'

남자가 보낸 신호는 얄궂게도 계속 빗나갔다. 여자에게 닿지 못한 신호는 허공을 떠돌다 흔적도 없이 사라져버렸다. 깊은 좌절감에 빠진 남자는 지금도 소파에 누워 있다.

여자는 비를 맞은 채 돌아왔다. 남자는 다그치는 여자에게 속마음을 말할 순 없었다. 그의 마지막 자존심이자 자기방어였다. 더는 자신을 비참하게 만들고 싶지 않았다. 여자와 남자는 서로 알 수 없는 수렁에 빠진 채 한동안 나올 기미가 보이지 않았다.

우리는 사랑하는 사람의 마음을
얼마나 잘 알고 있을까?
사랑하는 사람에게 내 마음을
얼마나 잘 전달하고 있을까?

미치도록 착한 사람이고픈
위선자

———

나는 결코 착한 사람이 아닙니다.

그래 보이고 싶을 뿐

사람들이 나를 보는 평가는 언제나 후하다. 성실하다, 바르다, 착하다, 진중하다 등. 한번도 부모님의 속을 썩인 적이 없었고, 학교도 우수한 성적으로 마쳤다. 세상의 시선에 어긋나고 싶지 않기도 했지만, '좋은 게 좋은 거지'라는 마음이 컸다. 그렇게 그저 사람들과 적당한 합의점을 지키며 살았을 뿐인데, 어느새 나는 새장 속에 들어와 있었다.

나는 성실하지 않다. 사실 게으르다.

나는 착하지 않다. 사실 이기적이다.

나는 진중하지 않다. 사실 항상 불안하다.

새장 속에서 나는 나를 잃어버렸다. 언젠가부터 내가 어떤 사람인지 모르겠다. 나에게 날개가 있다는 것조차 몰랐다. 날개의 존재를 깨달았을 때, 이미 새장에 갇힌 뒤였다. 움직일 수 있는 공간은 점점 좁아졌고, 그 안에서 사는 법에 익숙해져야 했다. 계속 모르는 척, 가면을 쓰고 사는 수밖에 없었다. 그러던 어느 날, 당신과 나눈 대화가 나를 혼란스럽게 했다.

나: 뭐해?

당신: 친구랑 문자 중이었어. 그렇게 친하지는 않은데, 매번 먼저 안부를 물어봐주는 친구거든.

나: 고맙네, 그렇게 찾아주는 사람. 그 친구는 어떤 친구인데?

당신: 나 재작년에 교통사고 당했었다고 말했나? 그때 병원에 열흘간 입원했었거든. 그 병원에는 대부분이 장기간 입원 중인 사람들이었어. 짧게는 석 달, 길게는 몇

년까지. 나는 금방 퇴원할 사람이니까 딱히 누구랑 엮이기 싫었어. 그래서 늘 커튼을 치고 있었는데 어느 날 앞 침대 여자, 그러니까 이 친구가 말을 걸더라고.

'몇 살이에요?' 다짜고짜 서열 정리부터 하더니 계속 말을 붙이더라고. 알고 보니 3년 전에 사고로 하반신 불완전 마비가 와서 2년째 병원생활 중인 친구였어. 조용히 있다가 아무도 모르게 퇴원하려 했는데, 이상하게 그 친구가 말을 걸면 무시할 수가 없더라. 나도 모르게 그 친구를 동정했던 것 같아. 나에게는 그 병원이 잠깐 머물다 나갈 곳이지만 그 친구한테는 집이나 다름없었으니까.

그래서 같이 병원 근처에 있는 카페도 가고 식당에서 고기도 구워 먹고 했지. 이때 하나 알게 된 건, 휠체어 미는 게 여간 어려운 일이 아니더라고. 세상에 불편한 것투성이야. 길에 턱은 뭐가 이렇게 많고 움푹 패인 곳은 또 어찌나 많은지. 두 다리 멀쩡한 나는 전혀 몰랐던 새로운 세상이었어. 그 순간, 그 친구가 참 외로웠겠다는 생각이 들더라.

나: 당신 마음씨가 참 예쁘다.

당신: 아냐, 끝까지 들어봐. 열흘 후 퇴원하는 날, 나는 새벽에 도망치듯 나왔어. 함께 지낸 짧은 시간 동안 나름

정이 많이 들어서 자주 만나러 오겠다고 했지만 사실 알고 있었어. 다시는 오지 않을 거란 걸.

그때 나는 왜 그런 말을 했을까? 아마 그 순간에는 매정한 사람처럼 보이고 싶지 않았던 것 같아. 그래도 그 뒤로 딱 한번 찾아간 적이 있는데, 그것도 내가 뱉은 말이 거짓말이 아니란 걸 증명하기 위해서였어. 그 친구를 위해서가 아니라 내가 나쁜 사람이라는 걸 인정하고 싶지 않아서.

그 친구는 오늘처럼 나한테 간간이 연락을 주거든. 근데 난 이게 불편해. 이 친구가 부담을 주려는 게 아닌데, 만나자거나 놀러오라는 것도 아니고, 단지 연락만 할 뿐인데 그냥 내 마음 한 켠이 켕기는 거지. 내가 지키지 못할 약속을 해서 불편한 거야. 그 친구한테서 연락이 오면, 그 친구 이름 석 자가 휴대폰에 뜨는 순간, 내가 나쁜 사람이라는 걸 다시금 깨닫게 되는 거지.

나: 나라도 그럴 것 같아. 근데 현실적으로 자주 만나는 건 어려우니까 이해해주지 않을까? 그 친구는 지금처럼 연락하고 지내는 것만으로 만족할 수도 있잖아.

당신: 연락도 자주 못 받았어. 정확히 말하면 안 받았지. 솔직히 좀 귀찮았어. 내 머릿속에서 그 친구는 '열흘 동

안 잠깐 알던 사람'이었어. 그 이상도 이하도 아니었지. '연락을 해도 이게 무슨 소용이지? 찾아갈 것도 아닌데' 싶었지. 대화하는 순간에만 보이는 애매한 관심으로 그 관계가 얼마나 이어질까? 앞으로도 변하는 건 없을 거야. 나는 그 친구를 만나러 가지 않을 거고, 혹시나 만나러 간대도 전처럼 내가 착한 사람이라는 걸 증명하고 싶어서겠지. 그 친구에게든 나에게든 말이야.

근데 힘든 건 지금 이런 순간이야. 이기적인 내 모습을 마주할 때. 그러면서도 따뜻한 사람이고 싶은 내가 참 위선적이라고 생각하기도 해. 나는 이런 사람이 아닌 줄 알았어. 그런데 나도 똑같더라. 내가 욕하던 그런 사람들. 겉과 속이 다른.

나: 사람이 다 그래. 나도 그렇고.

당신: 그래, 나도 늘 그렇게 말하며 스스로 위로하곤 했어. 그 말밖에 해줄 말이 뭐가 더 있겠어. 하지만 사람이 다 그렇다고는 해도, 정말 진심으로 그렇게 생각했는지 의문도 들어. 조금 가벼웠던 건 아닌지, 그 말의 의미를 알긴 아는지, 그저 통찰력 있는 어른처럼 보이고 싶었던 건 아닌지. 이마저도 다른 사람들을 의식한 건 아닐까? 뭐가 솔직한 걸까 하는 혼란들이 이어서 터져나와. 그냥

까놓고 말해서, '진짜 나'에 비해서 너무 착하고 싶은 거지. 나라는 사람이 말이야. 나는 그냥, 착한 척하는 싸가지 없는 년이었던 거야.

그렇게 대화를 끝내고 멍하니 침대에 누웠다. 담담하게 자신의 이중성을 고백하는 당신은 내게 당황 그자체였다. 그 상황에서도 모범 답안만 뱉은 내가 답답하기도 했다. 그게 내가 갖고 있는 최선의 매뉴얼이었다. 분명 나도 누군가에게 모순적인 순간이 있었을 텐데 나는 내 역할에 길들여져 그런 상황들을 깊이 들여다보려 한 적이 없었다. 불편한 사실을 인정하고 싶지 않기도 했고, 머리 아프게 고민하고 싶지 않았기 때문이다. 언제쯤이면 이 갑갑한 새장에서 나갈 수 있을까. 날개를 자유롭게 펼칠 수나 있을까.

쉽게 선악을 구분하는 세상에서 늘 정답은 선이어야 했다. 선에는 박수치고 악에는 야유한다. 사람들에게서 인정, 사랑 그리고 관심을 받기 위해 나는 늘 착한 아이가 되었다. 그들이 원하는 답을 선택했다. 나의 본모습은 뒤로 감춘 채 착한 가면을 쓰고 세상 앞에 나섰다. 그렇게 오랫동안 나 스스로를 새장 속에 가두었다. 정답만 존재하는 새장 속은 행복할 줄 알았는데 목이 조여온다. 숨이 막힌다. 누군가 나를 여기서 구해주기를 바란다.

위선은 내가 자초한 것이지만, 괜히 세상을 탓한다. 가면은 나만이 벗을 수 있지만, 누군가 벗겨주기를 바란다. 이마저도 나는 죄가 없다고 울부짖는 마지막 보루다.

지키고 싶었던 자존심,
지켜주지 못한 자존감

―――

내 안의 삶을 산다는 건 세상의 기준,
타인의 시선에서 자유로워지는 것

스스로 솔직한 사람이라 말하고 다니지만 사실은 단
한번도 솔직해본 적이 없다. 좋아하는 사람에게도 진
실한 나를 보이기보다 상처받을 걸 미리 계산해서 행
동하는 사람이다. 숱하게 고백했던 사랑의 말들, 모두
거짓이었다.

"헤어지자, 우리."

예상했던 그의 이별 통보에도 불안을 들킬세라 빠르게 거짓을 말했다. 담담한 척, 아무렇지 않은 듯 혹은 애초부터 당신 따윈 의미 없었다는 듯.

"그럼 앞으로는 친구로 지내요."

거짓말이다. 좋은 여자를 만나라고 말했다. 이 또한 거짓말이다. 친구로 지낼 자신이 없다고 말하는 그에게 괜찮을 거라며 되지도 않는 설득을 했다. 그 사람은 내게 솔직해지라고 다그쳤고 난 솔직하다 큰소리쳤다. 정말이지 나란 사람은 멋이 없다. 대체 그 순간 지키고 싶은 것은 무엇이었을까.

이후에도 우연히 그를 마주칠 때면 차가운 얼굴로 스쳐 지나갔다. 하지만 속마음은 그렇지 않았다. 상처를 한가득 받아 아팠고 마음으로 울었다. 하루 종일 그 사람이 한 말을 곱씹고 해석하려 애썼다. 가장 슬펐던 것은 그 와중에도 거짓된 행동들로 일관하는 내 모습이었다. 단 한 번도, 누구 앞에서 초라하고 싶지 않았다. 언제나 강한 사람이고 싶었고, 또 나 자신이 그런 사람인 줄 알고 있었으니까.

지난날의 나는 좁은 세계 안에 틀어박혀 모두를 비웃었다. 삶에, 마음에 여유가 없었고 내가 만난 사람들은 이런 나를 피해갔다. 그럼 또다시 나는 그들을 비난했다.

'뭘 모르는 것들.'

살면서 나를 제대로 이해한 적이 없었다. 늘 웃고 있는 피에로도 속으로는 자신의 슬픔을 알고 있었을 텐데. 다른 사람에게는 그렇게 날카로운 잣대를 들이댔으면서 내 안을 들여다볼 때는 동태눈 같았다. (사실 동태가 더 나았을지도 모른다.) 어떤 일에도 괜찮은 척 가면을 쓰고 살았던 오랜 시간 동안 서서히 익숙해진 나머지, 가면을 쓴 내 모습이 진짜인지 가짜인지 분간할 수 없는 머저리 상태였다.

그러던 중 처음으로 나에게 거울을 들이미는 사람이 나타났다. 예쁜 옷과 화장으로 잘 포장된 모습 속에는 주근깨와 기미로 뒤덮인 시시한 얼굴이 있었다. 나약한 속내를 감추기 위해 과장된 자신감, 별 볼일 없는 알

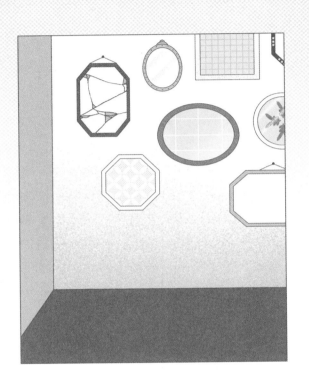

량한 자존심까지 더해져서.

> "난 솔직한 사람이에요."
> "아뇨, 당신은 전혀 솔직하지 않아요."

내가 어떤 사람인지도 몰랐기에 연애가 정상적일 리 없었다. 갈등을 마주할 때도 이별을 할 때도 언제나 문제는 상대에게 있었다. 비난의 화살을 돌려 나를 방어하기에 급급했다. 나는 항상 옳았고, 착했으며 배려했다. 반면 상대는 매번 생각이 짧았고 상처를 줬으며 이상했다. 그렇게 나는 잘못하지 않았다고 변명했다.

이제 나는 안다. 문제는 나에게 있었고 내가 변해야 한다. 내가 깨달아야 한다. 책, 심리치료, 연인 그 무엇도 대신할 수 없다. 오직 나만이 나를 변화시킬 수 있다. 옆에서 백날 옳은 말을 해줘도 다 소용없다. 그것들이 나를 움직이게 하는 수단, 계기, 발단, 촉매제가 될 수는 있으나 변화의 발걸음을 떼는 주체는 결국 나다.

나는 어떤 사람인가. 이는 죽는 순간까지 끝내 답을 알아내지 못할, 인생 최대의 난제다. 그러기에 우리는 매분 매초 온몸에 신경을 곤두세우고 나란 존재를 끊임없이 돌아봐야 한다.

나 역시 언제나 자신을 질책했다. '나'는 내가 바라는 모습을 실현시켜줄 수 있는 혹은 그리되어야 하는 존재일 뿐이었다. 나의 볼품없는 실체를 마주하는 순간은 끔찍하다. 그럼에도 인정해야 한다. 있는 그대로를 받아들여야 할 때다.

내려놓자. 버리자. 부질없다.

그때 알았다. 나는 자존심이 센 사람이 아니라, 자존감이 낮은 사람이었다는 것을. 자존심이 세더라도 자존감이 높으면 자신에게 소중한 무언가를 지키기 위해 날을 세울 수 있을 것이다. 나처럼 시시껄렁한 것들에 모두 결투를 신청하지는 않을 것이다.

내 삶을 산다는 것, 진정한 나로 살아간다는 것은 세상의 기준이나 타인의 시선에서 자유로워지는 것이다. 내가 어떤 취향을 갖고 있고, 어떤 능력이 있고 없으며, 사람들 속에서 나는 어떤 모습인지 냉정하고 투명한 시선으로 바라보는 것이다. 나를 사랑하려고 애쓰는 마음을 가지는 것이다.

마음의 시선을 바깥에서 안쪽으로 돌리는 과정에서 거추장스러운 불쾌감과 회피하고픈 욕구가 들기도 한다. 내 마음은 어렵고 복잡하고 불명확한데 그런 감정은 늘 피하고 싶으니까. 또 민낯의 나는 생각만큼 멋지지 않기도 하고.

'내가 이렇게 지질한 줄 꿈에도 몰랐지.
게다가 모순 덩어리잖아.'

온전히 나의 인생을 살지 못한다면 그건 마치 누군가 써놓은 가이드북에 맞춰 여행을 떠나는 것과 같다. 그건 나의 여행이 아니라 가이드북을 쓴 작가의 여행일 뿐이다. 그 어떤 화려한 여행기를 따라 여행해봐도, 우연히 길을 잃은 골목의 이름 모를 식당에서 먹고 즐겼던 그때 그 시간과는 비할 수 없을 것이다.

고로 내 안의 것을 살아야 한다.
함부로 대해왔던 자존감을 지켜야 할 때다.
나는 오늘도 지독한 성장통을 겪고 있다.

손 놓는 순간
사라질 관계들

———

모든 관계에는 권력이 존재한다.
애쓰는 사람과 아닌 사람

"나는 사람을 만나는 게 어려워." 그는 오늘도 만나자는 나의 제안을 거절했다. 그는 누군가와 관계가 깊어지는 걸 두려워한다. 본인이 만들어놓은 삶의 테두리 안에 누군가를 끌어들이는 것을 무서워한다. 끌어들이는 것뿐이랴. 들어오겠다고 문 앞에 선 사람들도 외면했다. 이때 나 같은 사람들은 난데없이 나타난 방어벽에 어리벙벙해진다. 가까워지고 있다고 생각했는데,

나름 친밀한 관계라 생각했는데 한순간에 차가워진 상대방에 당황한다. 나는 단지 그와 가끔 만나 서로 사는 이야기를 하고 고민을 나누는 시간을 갖고 싶었을 뿐인데.

내가 아는 바로, 그는 외향적인 척하는 내성적인 사람이다. 처음 만난 사람과는 눈을 잘 마주치지 못하고 먼저 말을 걸지도 않는다. 하지만 대화와 대화 사이에 약간의 정적이라도 흐를 때면 웃음으로 침묵을 막았다. 그에게 대화 속 침묵은 절대 존재해서는 안 되는 금기사항이었다. 빈 공간이 생길세라 늘 신경을 곤두세웠다. 그것이 얼마나 그를 피곤하게 하는지 가늠할 수는 없지만, 그가 누구와도 친밀한 만남을 갖지 않는 것을 보면 어느 정도 짐작이 가능하다.

어느 날 그에게서 대뜸 문자를 받았다. 그것도 먼저. 만남뿐 아니라 연락조차도 먼저 하지 않는 그였기에 나는 무척 놀랐다. 누군가 안 하던 짓을 하면 괜스레 불안해진다. '뭐지? 갑자기 무슨 일이래?'

너에게 편지를 썼어. 주소 좀 알려줄래?

주소라니. 또 한 번의 충격. 지금 연락이 오기 전에 우리의 마지막 대화는 무려 9개월 전이었다. 긴 호흡을 거치며 그가 희미해질 무렵 난데없이, 그것도 손편지를 보내겠다며 집 주소를 알려달라고. 단어의 상징성을 중요시하는 나는 '손편지'와 '주소'에 한동안 시선이 머물렀다. 나를 위해 편지를 쓰는 그의 모습. 한 단어, 한 문장 고심한 듯 불규칙하게 움직이는 펜. 그리고 친밀함의 끝인 내가 살고 있는 집의 주소.

약 일주일 뒤, 편지를 받았다. 얼마 만인가. 우편함에 담긴 손편지라니. 우편함에서 편지를 꺼내는 동안 종이의 촉감까지 오롯이 느끼며 편지 겉봉투를 뜯었다. 노트를 투박하게 찢어 쓴 편지. 첫 문장부터 생각이 많아졌다.

꼭 애인만 나랑 다른 사람을 만나라는 법은 없나봐.
우리는 하나부터 여덟까진 다르고
아홉, 열만 비슷한데 그래도 잘 지내니 말이다.

그래도 잘 지내니 말이다. 그래도 잘 지내니 말이다? 잘 지낸다고? 우리가? 이 문장은 그간의 우리 관계에 대해 생각하게끔 했다. 그의 말처럼 우리는 하나부터 여덟까지 다르고 두 가지 정도만 비슷했다. 문제는 그 뒤 문장이다. '그래도 잘 지내니 말이다.' 우리가 정말 잘 지내고 있는 걸까? '잘 지낸다'의 정의는 뭘까?

그를 처음 알게 된 건 5년 전, 방송국을 다니던 시절이다. 퇴사 후 따로 만나는 날이 1년에 한 번이 될까 말까 할 정도인 그렇고 그런 관계. 그래, 가족과 다 같이 마주 앉아 밥 먹기도 힘든 시대에 1년에 한 번 만나는 것도 많이 만난다고 봐야 하는 걸까? 게다가 매번 만나자고 제안하는 쪽이 나라면, 이것도 잘 지낸다고 할 수 있을까? 매번 먼저 손을 내미는 사람이 상처를 받지 않았다면 괜찮을지도 모르겠다. 그렇다면 나는 괜찮았을까? 편지 중간쯤에는 이런 글귀도 있었다.

나도 모르는 사이 너에게 상처를 줬을 거야.
늘 불평 없이 이해해줘서 고맙다.

아니. 나는 괜찮지 않았다. 왕왕 상처를 받았다. 아무렇지 않았던 것이 아니다. 불평 없이 이해해주지 않았다. 그저 나라도 노력해야 이 관계를 유지할 수 있다는 걸 알고 있었던 것뿐이다. 그는 누구에게도 먼저 손을 내밀지 않는 사람이었고, 나는 그런 그와 관계를 유지하고 싶었다. 그래서 목마른 사람이 우물을 파듯이, 먼저 손을 내미는 것은 언제나 나였다. 그리고 관계에서 오는 모든 상처 역시 손을 내민 사람, 즉 내가 떠안았다. 슬프지만 그게 현실이다.

모든 관계에는 이를 유지하기 위해 애쓰는 사람과 그렇지 않은 사람 사이에 권력이 존재한다. 상처를 주는 누군가가 갑이라면, 받는 사람은 을이 된다. 이때 갑의 의도는 중요하지 않다. 피해자의 마음을 아프게 했다는 사실은 변하지 않으니까.

다만 그에게 받은 상처가 오래가지 않는 이유는 그의 입장도 이해하기 때문이다. 사람을 만나는 게 어렵고, 너와 내가 함께하는 시간들을 거쳐 '우리'가 되는 과정이 버거운 그의 심정을 잘 알고 있다. 사실 이해보다는 체념에 가까울지도 모른다. 이 관계를 이해했다는 내 생각도 일종의 자기방어다. 그렇게 말해야 상처난 나의 마음이 조금은 덜 아플 테니까. 이 관계의 칼자루는 내가 쥐고 있다. 내가 포기하는 순간 이 관계는 끝

이 날 것이다.

나에게는 손을 놓는 순간 사라질 수많은 '그'들이 있다.
가지치기하듯 솎아내야 할 관계들도 있을 테다.
시간이 지날수록 점점 힘에 부친다고 느끼는 요즘,
그는 멀어질 인연이 아니라고 믿고 싶다.

상처가 만든
그들의 왜곡된 세상

———

그들에게 세상 모든 일은
기승전'상처'로 귀결된다

세상에서 자신이 가장 불행하다 여기는 여자

여자는 자신의 불행을 기준으로 세상 모든 일을 판결했다.
불행의 근간은 외모였다. 마주치는 모든 이들을 불안한 눈
동자로 힐끔거리면서 판결을 내렸다.

'저렇게 날씬한 여자는 연애 고민 따윈 없겠지?
분명 사랑받기만 할 거야.'

그놈의 판결은 좋아하는 남자에게도 해당된다. 어렵사리 성사된 소개팅. 오늘은 두 번째 만남이었다. 남자가 영화 데이트를 신청하자 여자는 쓸데없는 의심을 시작한다.

'왜 나(같이 뚱뚱한 여자)랑 영화를 보려 할까?
딱히 어딘가 부족해 보이진 않는데. 영화 볼 친구가 없나?
아니면 내가 모르는 엄청난 하자가 있는 건 아닐까?
집에 빚이 많다거나 보이지 않는 곳에 결함이 있다거나……'

여자는 남자를 만난 지 두 시간도 채 되지 않아 답을 찾았다. 단서는 예매한 영화 제목에 있었다. <내겐 너무 가벼운 그녀>. 그럼 그렇지. 여자는 영화티켓을 보며 바로 수긍한다. '가벼운 그녀? 가벼운?' 남자는 자신이 뚱뚱하다는 사실을 말하고 싶었던 게 분명하다고 확신했다. 나름 데이트라고 설레며 찾아 입은 원피스였는데, 티켓을 보자마자 울퉁불퉁 삐져나온 살들이 무색해 손으로 몸을 쓸었다.
잠시만 화장실에 다녀온다던 여자는 다시 돌아가지 않았다. 곧 영화는 시작됐고 두 사람은 영화를 보지 못했다. 그것으로 간만에 찾아온 썸은 끝났다. 졸지에 남자는 여자를 몸무게로 평가하는 사람이 되어버렸다. 그날, 여자는 자기가 뚱뚱해서 차였다는 확신을 제외하곤 소득은 없었다.

세상에서 자신이 제일 불행하다 여기는 남자

이 회사는 한눈에 사무실 전경을 둘러볼 수 있을 만큼 작은
규모지만 사원들의 정신건강을 챙기기 위해 나름의 심리
상담실을 마련했다. 이곳에서 이유를 알 수 없는 미움을 받
느라 괴로워하는 남자를 만났다.

"모든 직원들이 날 싫어하는 것 같아요."

남자는 다짜고짜 억울함을 호소했다. 눈동자는 갈피를 잃
고 분주해 보였다. 어떤 부분에서 그렇게 느껴지느냐고 물
으면 그 각각의 이유들은 내가 듣기에는 아주 사소했지만
그에겐 은행 빚만큼이나 무거웠다. 누군가 자신을 싫어한
다는 사실은 굉장히 신경이 쓰인다. 보이지 않는 어딘가에
서 누군가 자신을 째려보고 있는 기분이다. 미움받는다는
건 하루하루가 빚쟁이들에게 쫓기는 것과 마찬가지다. 우
선 며칠을 두고 함께 지켜보자며 남자를 다독여서 돌려보
냈다.

하지만 남자의 고민은 의외인 구석이 있었다. 사실 그는 회

사에서 눈에 잘 띄지 않는 사원이었다. 어느 조직에나 한 명쯤은 있는 그런 사람, 너무 조용해서 그가 출근했는지조차 간혹 잊을 정도의 존재감으로, 무색무취해서 음식으로 치면 어떤 맛도 나지 않을 것 같은 그런 사람이었다. 그림자처럼 다니는 그는 누구에게 피해를 끼치지도 않았다. 존재감도 없는데 무슨 갈등이 있을 수 있었을까?

남자의 이야기는 이랬다. 탕비실에 들른 그는 마지막으로 남은 커피믹스를 발견한다. 옆에 선 김 대리를 의식하며 잠시 머뭇거린 사이, 김 대리가 날름 집어간다. 또 말해보자면, 두 시간 전에도 비어 있던 정수기 물통을 아직까지 아무도 갈지 않았다. 그는 지난달에도 자신이 바꿔 끼웠던 것을 기억하며 물통을 힘껏 들어 올린다. 그리고 생각한다.

'날 싫어하는 게 분명해.
아니고서야 나를 이렇게 대할 리가 없어.'

문제는 여기에 있다. 사람들의 모든 행동을 자기가 정한 기준으로 규정짓는 것. 그는 회사의 모든 사람들을 잠정적 가해자로 단정했다. 그들의 일거수일투족에 자신을 향한 비난이 담겨 있다고 여겼다. 그를 향해서 사방에서 독침이 날

아오고 있다. 애초의 의도가 무엇인지는 중요하지 않다. 그들이 아무리 부인해도 그는 믿지 않을 것이다.

> "그 사람 좀 이상해요.
> 같이 일하기 불편해요."

그리고 어느 날부터 정말 그를 불편해하는 민원이 늘었다. 신기한 일이다. 존재감 없던 그가 어느새 사내 소문의 중심에 서게 되었다. 자신이 만든 법전으로 무고한 사람들을 죄인 취급하던 그의 이상하고 기분 나쁜 눈초리를 선량한 시민들이 알아채기 시작한 것이다.

문제는 직장뿐이 아니었다. 그가 두 번째로 상담실을 방문한 날 들었던, 소개팅에서 만난 여자에 대한 이야기가 기억난다. 그를 바람맞혔다는 그 여자. 만나자마자 얼굴이 사색이 되더니 영화 시작 시간이 지나도록 화장실에서 돌아오지 않았다나 뭐라나. 사실 그 여자도 내가 마음에 안 들었는데 그날은 억지로 나온 것 같았다고. 처음에는 여자를 수상하게 여겼는데 지금은 반대일 수도 있겠다는 생각이 든다.

언젠가 받은 상처가 모르는 새에 곪아가고 있었다.

치료를 제때 해주지 못한 탓일까. 더 커지지는 않았지만 마음 한구석에 자리한 상처가 삶에 미치는 영향력은 대단했다. 아팠던 지난날에 대한 집착이 급기야 세상 모든 일을 왜곡해서 해석하는 지경에 이르렀다.

그때 그 여자가 날 쳐다본 이유: 내가 뚱뚱해서

지하철 역무원이 나에게 쏘아붙인 이유: 내가 별 볼일 없는 사람이라

내가 먼저 종업원을 불렀는데도 다른 테이블에 먼저 가는 이유: 나를 무시해서

이건 누구의 잘못일까? 애초에 상처를 준 가해자? 강박증 환자처럼 상처만 쳐다보고 있는 피해자? 피해의식에 사로잡힌 사람들은 스스로 판사가 된다. 그들에게 세상 모든 일은 기승전 '상처'로 귀결된다. 먼저 소개된 여자의 눈에는 세상 모든 일은 자기가 뚱뚱하기 때문일 테고, 뒤에 소개된 남자의 눈에는 모두 사람들이 자기를 싫어해서다.

더 큰 문제는 상처에서 벗어나지 못하고 오히려 집착하느라 주변 사람들을 지쳐 떠나가게 만든다는 것이다.

이 출구 없는 감옥에서 탈출할 수 있을까? 혼자 생각하고 혼자 결정을 내리는 건 결국 자기방어일 뿐이다.

한번 상처받아 왜곡된 세상은 같은 상처에 취약하다.
또 다른 상처를 피하기 위해
용기는 쉽게 모습을 드러내지 않는다.
그렇게 왜곡된 시선은 반복되고,
상처받은 이들이 살아가는 세상은 점차 좁아진다.
대체 누구의 잘못일까?

보이는 게
전부는 아니다

———

섣부른 판단이 상대를 외롭게도,
거리를 멀게도 한다

항상 웃고 있는 아이가 있었습니다. 아이의 입꼬리는 늘 하늘을 향해 있었어요. 아이가 있는 곳이라면 없던 빛마저 생기는 듯 환했습니다. 행복은 분명 전염성이 강한 감정이에요. 아이가 지닌 밝은 기운은 사람들의 어두운 그늘마저 바꾸는 힘이 있었지요. 말수가 적은 사람은 수다쟁이로, 경직된 사람은 미소를 짓게 만드는 능력을 지닌 아이였습니다. 그런데 그렇게 밝던 아이가, 닳아 없어지지 않을 것 같은 빛이 한순간에 사그라들었습니다.

"너는 정말 사랑을 많이 받고 자란 것 같아."

아이는 이 말을 듣자마자 슬픔에 빠지기 시작했습니다. 그 말로 슬픔이 생겨난 것은 아닙니다. 누군가가 건넨 그 한마디가 아이에게 잠재되어 있던 어둠을 건들고 만 것입니다. 아이는 한없이 슬픔을 파고들기 시작했습니다. 수면 위로 하나둘 옛 기억들이 떠오릅니다. 가뜩이나 큰 눈에 그렁그렁 눈물이 맺힐 때면 떨어뜨리지 않으려 어지간히도 애를 썼죠. 입을 앙다물기도, 주먹을 꽉 쥐다 못해 손바닥에 손톱자국이 패이기도 했습니다. 아이는 우는 자신의 모습이 싫었습니다. 울고 있는 모습은 못생겼기 때문입니다. 예쁜 것만 보여야 사람들이 자신을 좋아해주니까요.

누구나 어딘가 어두운 그늘 한 칸쯤은 갖고 있습니다. 아이에게도 그런 방이 존재했습니다. 다만 겉으로 드러나지 않았을 뿐이죠. 이유를 막론하고 아이는 늘 행복한 모습을 보여주려 애썼습니다. 사진첩에 가득한 웃는 사진들처럼, 과거의 기억 속에서 우리는 늘 웃고 있는 것처럼요.

아이가 슬펐던 건 자신이 실제로는 '사랑을 많이 받고 자란

아이'가 아니라는 걸 깨달았기 때문일 수도, 아니면 진짜 그
랬다면 얼마나 좋을까 하는 아쉬움 때문일 수도 있습니다.
하지만 슬픔의 진짜 이유가 무엇인지가 중요한가요? 아이
의 속마음이 겉모습과는 달리 행복하지 않았다는 것은 분
명한 걸요. 그리고 사람들은 아이의 웃음 속 가려진 눈물을
알 수 없었습니다. 모르죠. 누군가는 시간이 흘러 알게 될지
도요.

　　오랜만에 집 청소를 했다. 사놓고 한번도 쓰지 않았
던 물건들, 먼지 덩어리들과 함께 뒹굴다 내 눈에 띈 그
것들은 결국 버려졌다. 방을 쓸고 닦으면서 쓸모없는
이면지부터 정체 모를 조각들까지 한데 모으고 나니
가관이었다. 큼지막한 명품 쇼핑백 안에 쓰레기들을
쓸어넣었다. 참 아이러니하지. 얼마 전까지만 해도 저
쇼핑백에는 값비싼 물건이 담겨 있었는데 포장지가 아
무리 그럴싸해도 내용물이 오물이면 영락없이 누더기
로 전락하고 마는구나.
　　불현듯 이게 내가 아닐까 싶었다. 겉모습은 번지르
르, 얼핏 보기에 그럴싸해 보이지만 속은 검고 더러운
먼지 구덩이인 상태. 대개 사람들은 포장지만 보고 나

를 밝고 명랑한 사람이라고 판단했다. 실제의 나는 생각보다 어둡고 우울하고 슬픈 사람이지만, 그들의 생각이 잘못되었다고 생각하지는 않는다. 사람들이 알고 있는 내 모습, 나를 감싼 포장지도 내가 갖고 있는 여러 모습 중에 하나니까 결코 거짓은 아니다.

다만 포장지도 나의 전부는 아니다. 어느 정도 시간을 갖고 상대를 알아가다 보면 이 사람이 어떤 사람인지 대략 알게 된다. 그리고 착각한다. 이 사람은 '그런 사람'이라고. 이 사람을 다 알게 되었다고. 그 섣부른 판단이 상대를 외롭게도, 거리를 멀어지게도 한다.

보이는 게 다가 아니라는 걸 새삼 깨닫는다.
몰랐던 사실이 아닌데 매번 새롭다. 바보같이.

내가 만난 사람 1

계산기 같은 사람이 있었다. 빈틈 하나 없이 정해진 공식에 따라 사는 사람. 그에게는 어떠한 예외도 존재하지 않았고 인정보단 논리로 모든 것을 결정했다. 피도 눈물도 없는 냉혈한 같은 이 사람이 하얀 눈이 내리던 날, 골목길을 뛰어다니는 강아지를 보고 누구보다도 해맑게 웃더라. 그 미소는 나에게 너무나도 강렬한 인상을 주었다. 그동안 나는 이 사람의 아주 작은 단편만 보았던 건 아닐까. 사실은 누구보다 따뜻한 사람일 수도 있지 않을까 하는 생각의 여운과 함께.

내가 만난 사람 2

말과 행동, 표정에서 젠틀함이 묻어나는 사람이 있다. 깔끔한 외모와 함께 스칠 때마다 풍기는 향수 냄새, 게다가 시선이 마주칠 때 그가 보여주는 환한 미소는 높은 점수를 주기에 충분했다. 그런데 웬걸? 어느 날 택시 기사님께, 또 레스토랑 종업원에게 무심코 짜증을 내는 그 사람을 보고 아차 싶었다. 나에게 친절하다고, 또 겉모습이 그럴싸하다고 내면이 꽉 찬 사람은 아니었다.

열 길 물속은 알아도 한길 사람 속은 모른다 했다. 처음 듣는 말도 아닌데, 나는 왜 매번 이 말이 새로울까. 나조차도 겉으로 보이는 모습이 전부가 아니면서, 그래서 사람들이 그것만으로 나를 판단하려 하면 슬퍼하면서, 왜 계속해서 사람들을 섣불리 단정 지으려들까.

다시 한번 되뇌어본다.

보이는 게 전부는 아니다.

사랑받기 위한
처절한 몸부림

―――――

누군가 사랑해달라 울부짖는다면
그건 불안하다는 신호일지도 모른다

내 기억 속에 그 텀블러는 언제나 식기 선반에 놓여 있
었다. 이 녀석은 주인의 손길이 닿은 지 오래되어 그대
로 굳어버린 것처럼 붙박이마냥 자리를 옮길 기미를
보이지 않았다. 그러다 설거지하기가 귀찮던 어느 날,
물을 마실 컵이 없던 차에 그 텀블러가 떠올랐다. 찾아
보니 수납장 깊숙한 곳에 '처박혀' 있었다. 언젠가 정
리하다가 치운 모양이었다. 그 텀블러를 볼 때면 빛을

갚지 못한 채무자처럼 마음이 뻐근했다. 텀블러는 전 애인이 사준 것이었다.

그가 뜬금없이 찾아와 평소 물을 많이 마시지 않는 나를 위해 선물이라며 들이밀었던 물건. 텀블러는 그의 애정의 표시였다. '나는 늘 너를 생각하고 있어'라는 뜻을 내포한. 그런데도 나는 사실 그 상황이 썩 기쁘지만은 않았다. 내가 원치 않는 속도라서였을까?

사랑은 2인 3각 달리기와 같다. 두 사람이 한 호흡으로 같은 곳을 향해 뛰는 행위. 까딱하다가는 넘어지기 십상이라 한 사람이 너무 빨라서도, 느려서도 안 된다. 난데없이 방향을 틀 수도 없다. 그는 출발 신호가 떨어지자마자 50미터 달리기를 하듯 빠르게 뛰었다. 하지만 나는 마라톤 전문이었기에 걸음을 뗄 때마다 넘어지기 일쑤였다.

내가 너를 이만큼이나 사랑해.

그러니 날 (내가 원하는 만큼) 더 오래 바라봐줘.

그가 늘 나의 사랑에 목말라한다는 걸 알고 있었다. 더 빨리 뛰고 싶어 하는 그는 내 속도가 성에 차지 않았다. 그는 이따금씩 마주 잡은 두 손에 힘을 꽉 주었다. 포옹을 할 때도 갈비뼈가 으스러질 만큼 껴안곤 했다. 어쩌다 전화를 못 받으면 받을 때까지 부재중 전화를 남기기도 했다.

나는 그의 애정이 불편해지기 시작했다. 처음에는 분명 설레기도 했다. 나를 이만큼 사랑한다는, 아무 데도 보내고 싶지 않다는 그의 비언어적 애정표현의 뒤틀림을 깨닫기 전까지는.

그는 우리의 사랑을 불안해했다. 그가 가진 불안이 늘어날수록 나도 두려워지기 시작했다. 그에게 연인이란 독립된 인격체로 살던 두 사람이 만나 '늘 같이'가 된 사람들이었다. 하지만 나에게는 '따로 또 같이', 특히 '따로'의 시간이 중요했기 때문에 사랑의 온도차는 점차 커져만 갔다. 그와 함께 있으면 숨이 가빠왔고 며칠만이라도 어디론가 도망가고 싶기도 했다.

"당신은 언젠가 떠날 사람 같아."

벽에 걸린 액자가 흔들거린다. 액자 뒤를 살펴보니 못이 벽에서 반쯤 튀어나온 상태였다. 못이 헐거워진

탓에 액자는 떨어질 듯 불안해 보였다. 그는 이 액자였고 나는 헐거운 못이었다. 그가 내게 원한 건 벽에 제대로 못질을 해달라는 것뿐이었다. 지금의 안락함을 잃고 땅에 떨어져 산산조각이 날까봐 무서워했다.

그가 바라는 건 단지 마음의 평온이었다. 그는 끊임없이 사랑을 갈구했다. 비 오는 날, 차 안에서 시야가 흐릿해져 와이퍼를 켠 운전자처럼, 나의 마음을 또렷하게 보고 싶어 했다. 빨라지는 그의 심장박동수를 따라 그는 자꾸만 작아졌다. 아이러니하게도 그럴수록 더욱 나에게 몰입했다. 빨리 나를 안심시켜, 나를 더 사랑해 줘, 나에게 확신을 줘.

뭐가 그렇게 불안해?
사랑한다는데도 왜 자꾸 확인하는 거야?
왜 나를 옴짝달싹 못하게 만드는 거야?

질투를 넘어선 집착: 너를 어디에도 빼앗기지 않을 거야.
쏟아지는 선물 공세: 미안해서라도 날 버리지 않겠지.
툭 하면 나오는 "우리 헤어져.": 날 사랑한다면 붙잡아.

사랑받기 위한 그의 처절한 몸부림에 나는 조금씩 메말라갔다. 잠시라도 시선을 거두면 나를 부르는 그의 음성에 소름이 끼치기도 했다. 자꾸만 조여오는 압박에 결국 풍선은 펑 터져버렸다.

　　맞은편에 보이는 음료수 자판기의 옆모습. 자판기는 벽에 바싹 붙어 있어서 사이에는 짙은 그림자가 채워졌다. 틈은 불과 10센티미터 남짓했다. 벤치에 앉아 저 어두운 그림자를 보고 있자니 알 수 없는 동질감이 들었다. 저 사이에 누가 있다면, 또 그게 나라면. 나는 지금 살려달라는 절규를 보내고 있다.

　　　　"나 지금 저 틈에 갇힌 것 같아. 숨 막혀."

　　하지만 그를 이해하기까지는 그리 오랜 시간이 걸리지 않았다. 그가 가진 불안은 내 안에도 존재하고 있었다. 가까운 누군가가 떠나가는 뒷모습에 심장이 쿵 하고 내려앉은 날, 잔상처럼 남아 있는 서너 살 때의 기억이 떠올랐다.

　　아침 일찍부터 무언가 분주한 엄마의 모습. 설거지

하는 엄마의 등. 뒤돌아 누워 보이지 않는 엄마의 얼굴. 울고 있는 나를 두고 어디론가 가버리는 엄마.

가버렸다. '갔다'라는 말로는 다 표현되지 않고 '-버렸다'가 더해져야 비로소 그때 내가 느낀 슬픔이 완성된다. 아이의 눈물은 애정을 갈구한다는 신호다. 하지만 울어도 소용없다는 걸 알게 되면 포기할 수밖에 없다. 그리움도, 갈망도, 애정도, 그 어떠한 것도 기대하지 않는다. 그 시절 나의 그림에는 언제나 엄마 얼굴이 없었다.

불안의 씨앗은 태어날 때부터 주어진다. 나도 모르는 새에 내 안에 심어진 씨앗은 싹트기도, 그대로 묻혀 있기도 한다. 씨앗의 발아 조건은 사람마다 다르다. 누군가는 먼지만큼 작은 변화에도 파르르 떨지만, 누군가는 바윗덩어리를 던져야 움찔한다.

그는 작은 결핍에도 발을 동동 구르며 어쩔 줄 몰라 했다. 버림받을까 무서워했고, 애원했고, 집착했다. 반면에 나는 불안을 감당할 수 없어 도망치는 걸 선택했다. 애정을 요구하고 매달리는 것을 배운 적이 없었기에 버림받을 것 같으면 먼저 버리고 도망쳤다. 우리에게 같은 점이 있다면 모두 불안이란 상처를 갖고 있다

는 것이다.

불안을 아물게 하기 위해서는 안정적이고도 충분한 (그러나 넘치지 않는) 사랑이 필요하다. 이때 표현의 절대적인 양은 중요하지 않다. 상대가 원할 때, 넘치지도 부족하지도 않게 원하는 만큼의 사랑을 표현해줘야 한다.

만족하는 사랑의 양의 기준은 바로 '나'다. 내가 원하는 걸 상대방이 주지 않을 때, 또는 내가 준 만큼 돌아오지 않을 때 불안은 시작된다. 상대가 얼마나 표현했는지는 결코 중요하지 않다. 벽에 헐겁게 박혀 있던 못은 자기 능력껏 액자를 지탱하려 노력했을 뿐이다. 정작 못은 그 상태가 편안했을 수도 있다. 비록 액자는 불안에 떨었을지라도 말이다.

버림받고 싶은 사람은 없다.
그저 우리는 최선을 다해 사랑할 뿐이다.
우리가 가진 마음의 크기만큼.

만일 누군가 사랑해달라 울부짖는다면
그는 불안하다는 신호를 보내고 있는지도 모른다.
비록 자신이 초라해진다 해도

그래서 지치는 순간이 온다 해도.

슬프게도 불안한 사람은 힘이 없다.

세상엔 이유 없이 주는
선물도 있는 거야

———

그의 순수한 마음에 온전히 기뻐하지 못하는
내가 한없이 가여워졌다

이제껏 이유 없는 호의는 없다고 배웠다. 호의에는 항상 대가를 기대하는 마음이 딸려 있었다. 전단지에 붙은 사탕처럼 달콤하지만 영업 홍보를 위한 검은 속내가 있다고 믿었다. 어려웠던 가세가 점차 일어서자 벌떼같이 몰려들어 친절을 베푸는 친척들도 내겐 천박할 뿐이었다. 인간이 절대 손해 보는 장사를 할 리 없다. 어려운 사람을 돕는 봉사활동마저도 내가 이렇게

넓은 마음을 지닌 사람임을 드러내고픈 욕구라고 생각한다면 말 다한 것 아닐까. 그러니 내게 이유 없는 사랑을 믿는다는 건 너무 순진해서 코웃음 칠 일이었다.

그런 점에서 선물에는 반드시 어떤 의도가 담겨 있다고 생각했다. 축하 선물을 건네는 순간에도 다음에 자신이 준 것에 상응하는 무언가를 바라기도 하니까. 결혼식 축의금이 딱 그렇지 않을까. 돈을 내면서 나중에 돌려받을 생각부터 하니까 말이다. (누군가는 돌려받을 축의금 장부를 만들기도 한다고 했다.) 누가 가르쳐준 것도 아니고 꼭 그래야만 하는 것도 아닌데 언젠가부터 우리는 그런 방식에 익숙해졌다. 그 탓에 우리가 선물을 받는 시기는 어느 정도 예상이 가능하다. 생일이나 기념일 등.

그래서였을까. 난데없이 친구가 나에게 준 음료 쿠폰(심지어 그가 가장 좋아하는 브랜드)이 낯설었다. 분명 기분은 좋은데 불편하기도 했다. 예상치 못한 순간, 나에게 의문의 애정을 보인 그를 보고 있자니 생각이 많아졌다. 그렇다. 그의 행위는 나에게 의문투성이의, 이유 모를 애정이었다. 선물을 받고 난 후 나는 어떠한 대답도 못하고 있었다. 이러다가는 당황한 기색마저 들키고 말 것이다. 기뻐하는 표정을 기대하고 있을 상대 앞에서 지금 이 멍청한 표정은 무엇이란 말인가! 아, 빨리 적절한 대답을 찾아야 한다. 짧은 순간, 나는 얼마나 많은 생각을 했던지 머리가 아플 지경이었다.

"나한테 이거 왜 주는 거야?"

기껏 생각해서 내뱉은 말이 고작 저런 것이었다. 그가 내게 무언가를 바라고 있는 것일까? 그렇다면 그것은 무엇인가? 아니라면 내가 어떤 점을 놓친 것은 아닌지 혹은 내게 다른 것을 상기시키고 싶었던 것인지 고민했다. 반대로 생각해보자. 내가 그라면, 나는 무언가를 바라고 이러한 행동을 했을까? 이미 시작된 쓸데없는 상념을 멈출 수가 없었다. 어려서부터 체화된 불신 때문에 나는 답을 찾을 때까지 끊임없이 계산기를 두들겼다.

여기서 선물의 가격은 중요하지 않다. 물론 가격까지 상당한 것이었다면, 나의 머리는 터져버렸을지도 모른다. (이렇게 비싼 걸! 나한테 도대체 왜!) 언젠가부터 우리는 상대의 호의에 마땅한 이유를 붙이고 싶어 한다. 기브앤테이크(give and take)에 익숙한 현대인이라서일까. 계산 없는 애정은 가족 관계에서만 가능하다고 생각했는데, 사실 이유 없이 선물을 주고받는 관계도 존재했던 게 아닐까.

문득 그의 마음을 순수하게 받아들이지 못한 내가, 온전한 기쁨을 누리지 못하는 내가 한없이 가여워졌다. 마음은 사고팔 수 없는데, (장사꾼도 이러진 않을 것이다) 자꾸만 계산을 하려드는 내가 이해되지 않았다. 그와는 오랜 우정을 나눠왔기에 더더욱.

"그냥 주고 싶어서 주는 거야.
맛있게 먹어!"

단지 고맙다는 말 한마디면 된다. 이제까지의 불필요한 생각들을 집어치우자. 세상이, 사람이 모두 나처럼 살아오지는 않았을 것이다. 나는 이유 없는 따뜻함을 받아본 적이 없지만 그렇다고 세상 모두가 나처럼 계산기를 두들기진 않을 것이다. 그러니 그냥 호의를 받아들이자.

얼음 같던 사람도 따뜻한 손짓이 거듭되면 점차 녹아내려 말랑해진다. 그렇게 닫힌 문이 열리고 표정 없던 얼굴에 생기를 되찾고 나아가 누군가에게 손짓을 베풀 날이 올 것이다. 먼저 손 내밀 줄 모르는 꽉 막힌 나에게 비논리적인 사랑을 베풀어준 그대들에게 고맙다는 말을 전한다.

무대 위에 제가 서 있습니다. 날 보지 말아주세요

———

나의 유약함은 떨리는 목소리로,
갈 길 잃은 눈동자로 표현되곤 했다

살아 있음을 느끼는 순간 혹은 사랑을 할 때의 설레고
도 가슴 벅찬 순간에 우리의 심장은 빠르게 뛴다. 심장
이 두근거린다는 건, 이렇듯 늘 기분 좋은 것일까?

　그렇지 않다. 나는 자주 두근거림에 성가심을 느낀
다. 불안감 속에 있을 때, 두려움에 휩싸였을 때가 그렇
다. 회의실에 스무 명 남짓한 사람들이 모여 앉아 있다.
하나의 안건에 각자 의견을 말하기로 했다. 한 사람의

말이 끝나자 다음 사람이 입을 연다. 그리고 또다시 옆 사람으로. 점차 내 순서가 다가온다.

내 차례가 됐을 때를 대비해 머릿속으로 대본을 구성해본다. 이미 다른 사람들의 의견 따위는 안중에도 없다. 들리지 않는 건 아니다. 듣고 있지 않을 뿐이다. 둘은 엄연히 다르다. 지금 이 공간엔 오로지 나만 존재한다.

'그래, 이렇게 말하자. 이러면 되겠지.'

갑작스러운 소음, 깜짝 생일파티, 어제까지 잘 지내던 남자의 이별통보 등. 사람은 예고 없던 상황에 당황하고 불안해한다. 그렇다면 나는 대본을 짜놓은 이 순간, 더는 초조하지 않아야 한다. 그런데 왜 심장 박동은 더 빨라지는 걸까.

여자는 서핑보드 위에 서서 파도를 기다린다. 멀리서 다가오던 파도는 분명 작고 만만한 것이었다. 점차 가까워지는 파도소리에 그는 약간의 긴장과 함께 옅은 미소를 짓는다. 눈앞에 닥쳤을 때 멋지고도 화려하게 그것을 갖고 놀아주리라 다짐한다.

어느덧 파도와 여자는 거리가 상당히 가까워진 상태다. 작은 파도는 그사이 다른 파도를 삼키며 몸집을 더 키웠고 그르렁거리며 여자에게 다가온다. 여자는 실제로 그것이 코앞으로 다가오자 망연자실해졌다. 자신의 키를 훌쩍 넘어 여자를 집어삼키기에 충분한, 결코 만만한 녀석이 아니었다. 여자는 압도된 나머지, 후들거리는 다리를 주체하지 못하고 그대로 무너진다.

항상 이런 두려움을 느끼는 것은 아니다. 다수의 사람 앞에 서 있는 내 모습, 그것을 감당할 수 없을 뿐이다. 그때 내가 뱉는 말, 표정, 제스처 등 그 시각 그 현장에서 보이는 것뿐이 아니라, 그것으로 유추할 수 있는 내 삶 모두를 평가받는 것, 그게 무섭다. 사람들의 웃음소리와 소곤거림이 들린다. 많은 이들이 냉소를 품은 표정으로 나를 쳐다본다. 아니, 그런 기분을 느낀다. 그 순간 나는 발가벗겨지고 스스로를 잃어버린다.

무대 공포증: 공연 전 불안 증후군(performance anxiety), 관객 앞에서 공연을 해야 하는 상황에 의해 개인에게 우러

사실 소수를 속이는 것은 쉽다. 다수이더라도 대등한 만남이자 편안한 분위기에서는 그들을 제압할 수 있다. 하지만 다수도 다 같은 다수가 아니다. 청중 중에 나보다 우위에 있다고 판단되는 누군가가 있다면 금세 주눅이 든다. 이는 무의식이 통제하는 것이라 내가 어찌할 수가 없다. 만일 이것이 기싸움이라면, 나는 완전히 패배했다.

여기서 '기'는 자존감과도 대체 가능한데, 나의 자존감은 생판 남의 평가에도 속수무책으로 무너질 만큼 하찮다. 타인에게 들키고 싶지 않아 그렇게도 버둥거렸지만 연기를 지지리도 못해 금세 들통이 나고 마는 나의 하찮은 자존감.

껍데기는 얇고 부실하더라도 알맹이는 옹골진 사람이 되고 싶었다. 잔인하게도 현실은 '속 빈 강정'이었다. 이상과는 반대로 껍데기만 화려하고 속은 텅 비어버린, 하나 보잘것없는 사람. 예전에는 내 모습을 똑바로 바라보지도 못했는데, 어쩌면 그때부터 나란 사람에 대해 본능적으로 알고 있었던 게 아닐까. 당당하게 포장하려던 시도는 단 한번도 성공한 적이 없다. 나약한 자신을, 보잘것없는 실체를 들킬까 전전긍긍할 뿐이었다. 떨리는 목소리로, 갈 길 잃은 눈동자는 아무리 감추려 애써도 결국엔 들키고 말았다.

알고 있다. 타인은 나에게 관심이 없다는 걸, 타인의 인정과 평가에 목을 매도 모두 부질없다는 걸. 아무리 머리로는 알고 있어도 군중 앞에서 느끼는 불안감은 쉽사리 나아지지 않았다. 두려움이라는 마음의 병은 머리로 다스린다고 치유되지 않는다. 근본적으로 내가 '속 꽉 찬 강정'이 되어야, 나의 마음이 단단해져야 한다. 비록 쉽게 가능하진 않겠지만.

이 불안감의 시작은 어디일까.
기분 나쁜 두근거림을
이제는 제발 멈추고 싶다.

유난히 발끈하는 그곳이
네가 가장 취약한 부분이야

———

어느 때, 어느 곳을 살더라도

나는 계속해서 그때, 그곳으로 돌아가고 있었다

지렁이도 밟으면 꿈틀한다. 단지 놀라서 살려고 버둥
대는 모양새일 수도 있지만, 사실 지렁이는 마음이 찔
렸던 게 아닐까. 내가 이만큼이나 약한 존재라는 걸,
그저 밟으면 한순간에 죽을 수도 있는 생명체라는 걸
들켰다는 사실이.

평소엔 차분하던 사람도 욱하는 순간이 있다. 도저
히 참을 수 없는 그런 순간, 나를 한계치까지 몰고 가 이

성적 판단력이 흐려진 상태, 물결이 거의 일지 않던 잔
잔한 호수에 직격탄이 떨어진 느낌. 거센 파도가 몰아
치고 거품이 인다. 성난 파도는 좀처럼 가라앉을 기미
가 보이지 않고 이리저리 날뛴다.

오랜만에 부모님과 함께하는 저녁 식사 시간. 대화
가 익숙하지 않은 사람들이 밥을 먹을 때는 TV만큼 좋
은 도구가 없다. 어색한 침묵과 불규칙하게 달그락거
리는 젓가락질 소리와 함께 TV에서는 연예인이 부모
님과 허물없이 지내는 모습을 보여주며 화목한 가정을
자랑하고 있었다. 아버지는 그 모습에 정적을 깨며 한
마디 거드셨다.

"아유, 너무 버르장머리 없네.
분명 학교 다닐 때 선생들한테도 저랬을 거야."

아버지가 무심코 내뱉은 말 한마디에 발끈해서 화
를 쏟아냈다. 저 집안 이야기를 속속들이 잘 알지도 못
하면서 TV에서 보여준 상황 하나에 아버지가 저 사람
을 멋대로 판단해도 되냐고, 대체 아버지란 사람은 왜

그러냐며, 사람을 어떻게 그렇게 단순하고 평면적으로 평가하냐고, 인생이 그렇게 간단하냐고, 누가 아버지더러 그렇게 속 편하게 입을 놀리면 좋겠냐고, 쉴 새 없이 마구 쏘아붙였다.

나는 또 욱하고 말았다. 고질병이다. 한두 번이 아닌 일이라 아버지는 바로 입을 닫았다. 그렇게 밥상 위에는 다시 침묵이 찾아왔다. 나의 말을 끝으로 누구도 잇지 않는 대화에 나는 점점 초조해진다. 내가 이렇게 발광하는데 누가 편히 말 한마디 거들겠어. 그 말은 이게 틀렸고, 저 말은 저게 틀렸다고 수정할 게 뻔하니까. 나란 사람은 참.

흥분을 가라앉히고 나면 내 혼이 빠져나와 아까의 나를 되돌아보는 지경에 이른다. 어머, 너 지금 이성의 끈이 끊긴 것 같구나. 이 일이 이럴 만큼 너에게 중요한 일이야? 너 지금 꽤 초라해 보인다. 내 머릿속에서 들려오는 또 다른 음성에 입을 앙다문다. 내 흥분을 내가 인지하고 그제야 머쓱함이 찾아온다.

문제는 아버지의 잘못이 아니라는 점이다. 같은 상황에서 다른 사람이 같은 말을 했대도 나는 똑같이 흥분했을 것이다. 못 잡아먹어서 안달난 사람처럼, 이리가 양을 쫓듯 맹렬히 물고 뜯는다.

> "맨날 혼자 있을 때부터 알아봤어.
> 생긴 것도 되게 얌체 같지 않아?"

언젠가 돌부리에 걸려 넘어진 적이 있다. 무릎이 심하게 깨져서 깊이 패인 상처는 손도 대지 못할 만큼 쓰라렸다. 누군가 상처 난 곳을 보자며 내 다리를 만지려는 순간 움찔했다. 무릎엔 손도 대지 않았는데도. 그 정도로 상처 부위가 닿지 않게 늘 조심했다. 그러던 어느 날 예상치 못한 순간에 날아온 날카로운 물체가 상처의 정중앙을 찔렀다. 펄쩍 뛰고 소리를 지르고 그런 난리법석이 없었다. 지금 내가 딱 그 꼴이다. 한 단면만 보고 나를 평가했던 사람들에게 받은 상처, 치부가 갑자기 드러난 것이다.

성냥개비는 평온했다. 하지만 그 평온은 머리를 긁힘과 동시에 산산조각 나고 만다. 누군가 자신을 붉은색 마찰면에 빠른 속도로 긁는 순간, 머리에 상처가 생김과 동시에 불이 붙는다. 순식간에 화르르 붙은 불꽃에 가슴이 뜨거워진다. 한동안 자신을 갉아먹고 나면

185

불꽃의 크기는 줄어든다. 열기가 식을 무렵이면 나는 초라해질 대로 초라해진 후다.

은연중에 나는 뽐내고 싶었다. 나는 상식적이고 당신들은 몰상식하다고, 나는 양심적이고 당신들은 비양심적이라고, 어떻게 그리 생각 없이 사느냐며 나의 '개념'을 뽐내지 않고는 견딜 수 없었다. 언제나 타인에게 엄격한 잣대를 들이댄다. 그러면서도 정작 누군가 내 상처를 헤집으면 발끈하는 것이다.

시간이 많이 흘렀다. 그때 내게 상처를 입힌 사람들은 내 곁에서 사라진 지 오래다. 그럼에도 비슷한 말이나 행동을 하는 사람들을 만나면 그들에게 분풀이를 한다. 사무친 억울함을 조금도 잊지 않은 피해자처럼.

어느 때, 어느 곳에 있더라도
상처를 건드려질 때마다
나는 계속해서 그때, 그곳으로 돌아간다.
미련하고도 안타깝다.

이기적으로 살고 싶어.
그래서 어른이 되기 싫었어

—

이게 다 몸만 커버리고

마음은 미처 자라지 못해 생긴 일이다

도망치고 싶은 순간이 있다. 모든 책임이 걸리적거릴 때, 누군가의 딸, 언니, 선배가 아니라 그저 '나'로 살고 싶은 순간. 내가 맡은 역할과 그에 대한 기대치가 나를 짓눌러 숨 막히게 할 때, 나는 뒤도 돌아보지 않고 도망치고 싶어진다. 몸을 돌리려는 순간 나를 주저하게 하는 단 하나는 바로 나를 지켜보는 많은 이의 시선이다.

그래, 그거다. 이기적이고 싶은 거다, 나는. 단 그러면 안 된다는 죄책감이 족쇄가 되어 내 발목을 붙들고 놔주질 않는다.

어느 날 아버지께서 우리 남매에게 한동안 자신의 일을 도와달라 부탁하셨다. 말 자체는 부탁이었지만 너희는 나의 딸이고 아들이니 당연히 나의 일을 도와야 한다는 강제성이 담긴 요구였다. 나와 동생은 대답하지 않았지만 두 사람의 침묵엔 다른 의미가 담겨 있었다. 나의 침묵은 타인의 질책에서 벗어날 자신이 없는 비겁함이었고 동생의 침묵은 내가 알 바 아니라는 뻔뻔함이었다. 동생은 이후로도 아버지의 부탁을 들은 기억이 없는 것처럼 굴었다. 사실 나 혼자만으로도 충분했다. 이번 일은 그렇게 지나가겠거니 생각했다.

그러던 어느 날 밤이었다. 그날도 아버지의 일을 돕고 집에 들어왔다. 아버지를 돕는 효녀 노릇은 완벽히 하고 있지만, 내 의지는 없는 그런 나날들. 동생 방에서 들리는 잔잔한 음악소리에 나의 심장박동 소리가 커졌다.

'죽이고 싶을 만큼 네가 미워.'

　세상 모든 짐을 내가 떠안은 것처럼 억울함이 덮쳐
와 치미는 분노를 못 참고 동생에게 메시지를 보냈다.
불만이 없다고 생각했지만 아니었다. 가족을 외면하고
이기적으로 사는 네가 밉다며, 나는 내 일도 잠시 접어
두고 아버지 일을 돕는데 너는 그 조금도 양보하기가
어렵냐며 가시 돋힌 말들을 쏟아냈다. 그 밤에 나에게
동생은 냉정하고 이기적인 아이가 되었다.

　지금 와서 생각해보면, 생색도 그런 생색이 없다. 나
는 무엇이 억울했을까. 반드시 두 명이 도와야 하는 일
도 아니었다. 나는 부모의 부탁을 거절할 수 없었고 동
생은 나와 생각이 달랐을 뿐인데 그게 그렇게까지 화
날 일인가? 내 마음속 깊은 곳에서 부모에 대한 사랑과
공경이 우러나왔다면 동생의 선택은 신경 쓰지 않았을
테다.

　내 안에는 또 다른 내가 있다. 그 아이는 내가 거짓말
을 할 때마다 나타난다. 이번에도 여지없이 내게 솔직
해지라고 다그친다. 애초에 아버지를 돕고자 했던 그
마음이 거짓말이었고, 내심 동생처럼 아버지의 부탁을

뻔뻔하게 모른 척하고 싶었던 건 거라고. 나도 이기적
이고 싶은데 형제만 자기 잇속을 차리는 모습에 억울
함이 터져나왔던 거라고.

'너도 와서 아버지 일 좀 거들어!'

이제야 인정할 용기가 생긴다. 맞다. 무책임해지고
싶었다. 내 인생만으로도 무거운데 아버지의 일까지
감당하기엔 가혹하다고 생각했다. 누군가의 딸이라서
무언가를 희생하고 의무도 짊어져야 한다는 게 버거웠
다. 나는 그런 '효녀'의 옷은 안 어울리는 사람이었다.
또 하나 인정해야 하는 사실은 그럼에도 동시에 나는
지독하게 효녀이고 싶어 한다는 것이다.

　TV에 나오는 휴먼다큐멘터리의 주인공들을 보고
있자면 나도 계산 없이 부모를 사랑하고 대접하고 싶
어진다. 그런 사람이고 싶다. 다만 나라는 그릇의 크기
를 잘못 판단해 버거운 역할극의 주인공이 되어버렸
다. 나를 희생해 타인을 사랑할 만한 사람도 아니면서
남들에게는 그런 사람으로 보이고 싶은 욕심만 많은
아이. 그래놓고 왜 나만 이렇게 힘들어야 하냐며 방방

날뛰는 어린아이.

　누구도 시키지 않았고, 내가 결정한 일이다. 동생에게 억울해할 일도 아니고 아버지한테 화가 날 일도 아니다. 이게 다 몸만 커버리고 마음은 아직 다 자라지 못했기 때문이다. 엄마 화장대를 기웃거리며 분칠하는 어린아이마냥 어른 흉내를 내고 있었다.

이제 이도저도 아닌 일,
적어도 괜한 사람에게
어깃장을 놓는 짓은 그만해야 한다.
결정은 오롯이 나의 몫이다.

평범한 어른들의
평범한 하루

―――

1

도저히 벗어나기 힘들 것 같았던 시간도

결국 지나간 일이 되어버리고

날 두근거리게 하던 특별함은

그저 그런 사소함이 되어버렸을 때,

우리는 비로소 어른이 된다.

사는 게 참, 평범하다는 생각이 든다.

무엇을 위해 그렇게 울고 웃는 걸까.

일정 수준 이상의 자극이 없는

어른의 하루는 단조롭기만 하다.

하지만 그 단조로운 하루를 위한 시간들은

결코 단조롭지 않다.

자세히 들여다보면 부단히 노력한 결과다.

평범하게 사는 것이

제일 힘들다.

2

인생에는 뭐든지 때가 있다고 한다.

공부를 해야 하는 때.

결혼을 해야 하는 때.

여행을 즐겨야 하는 때.

70억 사람들은 저마다 삶의 속도가 제각각인데 왜 모두가 비슷한 속도로 맞춰가야 하는 걸까. 따라가지 못해도 괜찮은데 사회에선 걱정 어린 시선으로 바라본다. 주체적인 인생이 아니라 누군가 정해놓은 시간표에 맞춰 살아간다. 그 시간표는 대체 누가 짠 걸까? (그래서 대학생이었을 때를 그리워하나. 적어도 그땐 시간표는 내 마음대로였으니까.)

결혼도 그렇다. 10대에서 20대로 넘어가는 순간엔 공부를 해야 할 때라며 스스로에게 채찍질을 해댔다. 20대에서 30대로 넘어가는 청춘들은 가정을 만들어야 할 때라며 의지와는 상관없이 결혼시장에 내보내진다. 쇼핑할 마음이 없는데, 계속 이 물건과 저 물건을 비교하고 또 비교당한다. 그 속에서 좌절하기도, 자신감을 얻기도 한다.

살아가기 위해서 충분히 많은 노력들을 하고 있는데
사랑마저도 생존이고 경쟁이고 노력이라니.
살아가기가 점점 힘에 부친다.

덧붙이는 말
그럼에도 운전면허는 수능이 끝난 직후가 따기에 딱 좋은 때다. 그 후에는 몰아치는 인생이 우리를 가만히 내버려두지 않기 때문에 '내년에는 진짜 따야지'라는 말만 반복하게 된다. 운전면허, 은근히 시간을 많이 잡아먹는 일이다. 게다가 나중에는 그 시간이 아까워지기도 하고.

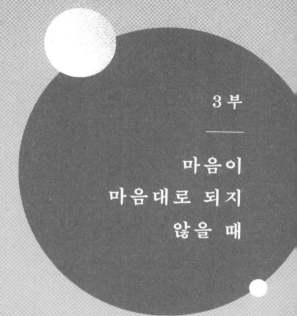

3부

———

마음이
마음대로 되지
않을 때

익숙한 당신이
낯설게 느껴질 때

———

우리는 서로에게 이해받기 위해
끊임없이 말을 해야 한다

어릴 때 '사과'라는 단어를 열댓 번 읊조려봤다. 당연
하게 입에 익은 단어가 한순간 낯설게 느껴졌다. 한번
도 의심한 적 없던 단어가 이유 없이 어색해지는 그 순
간. 사과는 언제부터 사과였을까. 사과는 왜 사과일까.

  종종 타인에게도 이런 느낌을 받는다. 친밀한 사람
이 간혹 처음 보는 사람처럼 낯선 순간이 있다. 매일 보
던 얼굴 속에서 발견한 이질감은 그들과 나 사이에 거

리를 만든다.

튀김을 만들다 화상을 입었다. 허벅지에 튄 한 방울의 기름은 하필 무더운 여름날에 손가락 두 마디 정도의 흉터를 남겼다. 짧은 옷을 즐겨 입지도, 수영복을 입을 일도 없는 사람이라 괜찮지 않을까 싶었으나, 내가 '안' 하는 것과 '못' 하는 것은 또 달랐다. 이제 나는 의지와는 상관없이 짧은 바지를, 수영복을 입지 못할 테니까. 마음은 뭐가 이리도 복잡한지.

제일 절친한 친구와 오랜만에 저녁을 먹었다. 이 친구는 나와 십여 년을 함께했고 개차반이었던 서로의 모습까지 속속들이 알고 있는 사람이다. 그래서 서로를 가엾게 여기는 관계라고 말할 수 있다. 서로의 근황에 대해 시시콜콜 얘기하던 중 나의 화상 얘기가 나왔다. 서로를 잘 안다고 자부해온 친구였는데, 그 친구 입에서 나온 한마디는 그간 우리가 쌓아온 시간들을 단숨에 얼어붙게 만들었다.

"그거야 뭐, 시간 지나면 다 낫잖아."

낯설다. 내가 여태 알던 사람이 맞나. 아무리 사랑해도 혼자 있는 것 같다고 느낄 때가 있다. 이제는 모두 알 것 같다고 생각한 순간, 새로운 문제를 만난 기분이다. 사랑하지만 이해할 수 없을 때, 이해받지 못할 때 우리는 외로워진다. 그 기분에 익숙해지기란 쉽지 않다. 아무리 익숙한 사람이어도 결국 타인은 타인이다. 어쩌면 똑같아지길 바라는 건 내 욕심이 아닐까.

함께한다.
이해받는다.

함께하지 못한다.
이해받지 못한다.
그래서 외롭다.

그런데 누군가와 함께하는 것으로 이 외로움을 온전히 해결할 수 있을까. 외롭다는 건 저 사람이 내 뜻대로 움직여주지 않았기 때문이 아닐까? 그게 이해가 되었건 공감이 되었건 간에 말이다. 내가 원하는 방식으로 내가 원하는 만큼 내 마음을 돌아봐주지 않아서, 나에게 관심을 기울여주지 않아서가 아닐까.

나도 나를 이해하기 어려운데, 생판 남이 나를 이해한다는 건 애초에 불가능한 이야기다. 더 무서운 사실은 나조차도 끊임없이 변한다는 것이다. 저 사람이 알고 있는 나는 언젯적 나일까? 언제부터 나에 대한 데이터 수집을 멈춘 것일까? 지금도 업데이트하고 있을까? 나는 지금 이 순간에도 보고 듣고 배우며 조금씩 변화한다.

서로가 서로를 낯설게 느끼지 않기 위해
우리는 매순간 부딪쳐야 한다.

이해받기 위해 끊임없이 말을 한다.
그래야 함께일 수 있다.

죽는 순간까지
놓지 못하는 것

———

그 밤, 죽음의 문턱에서 써내려간

비극 아닌 희극 한 편

그놈의 바나나. 바나나가 화근이었다. 자기 전에 팔뚝
만한 바나나를 세 입만에 꿀꺽 삼키곤 잠이 들었다. 뭐
든 급하게 먹으면 탈이 난다.

　잠이 깼다. 한밤중이었다. 뱃속에 전쟁이라도 난 걸
까. 인생에서 처음 느껴보는 고통이었다. 장이 꼬일 대
로 꼬여 그대로 끊어질 듯했다. 고통이 심해지다 못해
참지 못할 지경이 되면 이판사판이 된다. 이대로 파열

되어버려라. 화장실에 들어가 변기 위에서 부들부들 떨었다. 장이 건강한 편이라 배가 아플 때면 변기에 앉는 것만으로 모든 것이 해결되었다. 그날은 달랐다. 뱃속 전쟁만 지속되었다. 죽을 맛이었다.

모두가 잠에 든 시각. 몇 시인지도 모를 만큼 어둠이 덮친 그 시각. 그 순간 살아 움직이는 것은 내 얼굴 위 흐르는 땀방울과 달달 떨리는 다리였다. 이렇게 죽는구나. 그때 변기 속으로 포탄이 쏟아졌다. 희망이 생긴 건가. 아니었다. 전반전이 끝난 것뿐이었다.

잠시 찾아온 평화에 숨을 고른다. 후반전을 기다리며 발을 구른다. 그릉그릉 벌겋게 예열된 전사들은 소리를 지른다. 포문만 열리면 된다. 잔뜩 성이 난 전사들은 성문을 두들긴다. 그래, 나도 문을 열고 싶어. 하지만 마음처럼 안 되는구나. 지원군(119)을 불러야 하는 걸까. 내 힘만으론 이 지난한 고통을 못 견딜 것 같았다.

안 돼! 아냐. 무슨 일이 있어도 내 힘으로 끝내야 해. 그들에게 이 더러운 전장을 보게 할 수 없어. 근데 이렇게 혼자 괴로워하다 죽는 게 나은가? 어차피 아침이 밝으면 누군가 나를 발견할 테고, 간밤에 시궁창 속을 헤맨 나를 알게 될 텐데. 죽었다고 슬퍼하기도 전에 냄새

난다고 코부터 막진 않을까? 울어야 하나 웃어야 하나. 너무 고민이 된다. 아무튼 도긴개긴이구나. 죽느냐 사느냐. 햄릿의 고통만큼 근엄하진 않지만 그만큼 괴롭긴 하다.

그렇게 변기 위에 앉아 셰익스피어를 떠올리며 극을 써내려갔다. 비극을 쓰고 싶었지만 아쉽게도 이건 희극이다. 사명감도, 투지도 혹은 어떤 인간의 근본적 고뇌도 없는, 그저 배탈 난 여자가 고통을 대하는 방식을 다룬 희극.

남들 앞에 내보이기 추잡스러운 모습일 때 아무리 죽음의 문턱에 서 있더라도 나는 모든 걸 내려놓을 수 있을까. 죽음 앞에 자존심이고 품위고 다 무슨 소용이야. 다 늘어난 곰돌이 팬티를 입었는지가 대체 무슨 소용이냐고. 아니지, 나는 죽어서 모르더라도 그들은 날 기억할 거잖아. 똥통에 빠져죽은 곰돌이 팬티녀라고 기억될지도 몰라. 놀고 있네. 죽을 때 싸들고 가라. 그놈의 자존심.

그때 후반전이 시작됐다. 시작과 동시에 끝. 깔끔하게 마무리 짓고 침대로 쓰러졌다. 팬티 무늬에 대한 나름 의미 있던 고민도 그걸로 끝이 났다. 몇 시간 뒤, 난 아무 일 없는 듯 침대에서 일어났다. 지난 새벽에 있었던 일은 아무도 모른다. 그렇게 곰돌이 팬티와 함께 나의 자존심은 지켜졌다. 다행이다.

지금까지 아니었으면
나중에도 아닌 거야

———

버려야 하는 순간에는
과감히 포기할 줄도 알아야 한다

옷장 정리를 하다 보면 내가 이렇게도 물욕이 많은 사람인가 싶다. 몇 년 간 입지 않은 옷은 물론이고 심지어 존재 자체도 잊고 있던 옷까지, 진작 버렸어야 했던 옷가지들이 수두룩하다. 하지만 정작 버리려는 순간이면 그들이 나에게 말을 건다. 다혜야, 나야. 기억 안 나? 우리 즐거웠잖아. 한때는 닳도록 입은 옷, 그래서 손때 묻은 옷들을 버리지 못하고 있었다.

자라면서 무언가를 쟁취하는 법만 배웠다. 옷, 친구, 성적. 버리는 법도 배워야 한다는 걸 몰랐다. 무엇이 되었건 버려야 하는 순간에는 과감히 포기할 줄도 알아야 한다. 그래야 새로운 걸 들인다. 공간은 유한하기에 버리지 않고는 내 몸 하나 뉘일 공간도 없어지게 된다. 그런데 참 이상하다. 정말 버리려는 순간만 되면 이상한 애착이 생긴다. 좋았던 추억이 나를 현혹시킨다. 이해할 수 없는 미련 혹은 집착.

버려야 하는 이유는 따로 없다. 단지 관계에 유통기한이 다했기 때문이다. 다르게 말하면 이제는 갖고 있을 이유가 없기 때문이다. 사람도 마찬가지다. 전화번호부에 수두룩하게 쌓인 이름 석 자들. 그중엔 얼굴이 떠오르지 않는 사람도 있다. 번호를 저장하던 당시에는 이럴 줄은 몰랐다. 그땐 함께한 시간들에 속고 나의 감정에 속았다. 속이는 주체가 분명하진 않지만 그 관계가 그저 영원할 줄 알았으니까. 모든 관계의 시작에 나름 의미가 있었다는 건 확실하다.

반대로 나에게 이별이란 마음으로 사람을 죽이는 일이다. 내 손으로 상대의 마음에 난도질을 하는 일이자 단순히 마주잡은 손을 놓는 수준을 떠나 그 사람의 피

를 보는 일이다. 그것도 내 손으로.

　길을 걷다 우연히 차에 치여 죽은 비둘기를 본 적이 있다. 소스라치게 놀라 소리를 질렀다. 단순히 놀란 수준을 넘어 거의 비둘기를 내가 죽인 것이나 다름없었다. 심장이 쿵 하고 내려앉는 기분. 내게 이별이란 그런 것이다.

　방송국에서 일할 때였다. 업무 특성상 프리랜서들을 자주 본다. 하나의 프로젝트를 수행할 때마다 헤쳐 모이는 집단. 업무를 주고받다 보면 자연스레 사람 사이에 정이 쌓인다. 그리고 프로젝트를 마무리 지으면서 이별한다. 그 순간이 참으로 곤혹스러웠다. 아무리 겪어도 매번 어려운 일이다, 이별은.

　시간이 지나 생각해보면 별 게 다 어려웠다 싶다. 그럴 만한 관계는 아니었는데. 그렇게 가까운 사이도 아니었고 앞으로 계속 연락하고 지낼 만큼 신뢰를 주고받은 사이도 아니었다. 어째서 손을 흔들고 등을 보여야만 하는 순간이 오면 발이 떨어지지 않는 걸까? 못나다 못해 지질하다 싶다.

　진작 헤어졌어야 했던 그녀와 지하철 역 앞에서 두

시간을 서 있었다. 헤어지기 직전의 대화는 어찌나 달콤하던지! 그간 이 사실을 몰랐던 게 우스울 만큼 대화가 너무나 잘 통하고 즐거웠다. 둘도 없는 단짝 같았다. 우리 관계가 굉장히 특별해 보이는 환상까지 생겨날 때쯤이면 장담하지 못할 약속을 하고 만다.

"우리 앞으로 자주 만나요."

그 뒤로 단 한 번도 만난 적 없다. 뒤돌아선 순간 방금까지 우리 사이에 존재하던 애틋함은 거짓말처럼 사라지고 만다. 이후에 다시 약속을 잡은 적은 있다. 하지만 간사하게도 그날이 다가오면 마음속에 가지각색의 변명들이 솟구친다. 적당히 그중 하나를 골라 건네며 미안하다고 말한다. 재밌는 건 나뿐 아니라 상대방도 그렇다. 이제껏 이런 공수표를 날린 게 몇 장인지. 더는 속지 않을 법도 한데, 나는 어리석게도 매번 그 순간을 넘기지 못하고 약속을 남발한다. 우리 앞으로 자주 만나자고.

급하게 생긴 애정은 대부분 거짓이다.

하지만 앞으로도 그런 순간이 오면

또 속지 않을 수 있을까?

모르겠다.

깨닫는 건 머리고 속는 건 마음이라.

나는 나를 믿지 않는다.

너와 나의
연결고리

———

오로지 내 의지로,
나만을 위한 선택은 몇 개나 될까

내 인생은 정말 내 것일까. 내가 선택한 것들은 정말 내가 원하고 계획했던 것들일까? 외부의 어떠한 것에도 영향을 받지 않고, 오로지 나의 순수한 욕구, 욕망대로 결정되는 것이 있을까? 나이를 먹고 해야 할 역할이 많아질수록 나의 결정에는 희생, 책임만 늘어간다.

A는 자유로운 성향의 사람으로 시간이 날 때마다 여행을

즐겼다. 그러다 연인이 생겼고 다정하고 선한 사람이라 함께 미래를 그려도 좋을 것 같다고 생각했다. 이직을 준비하던 A는 해외근무를 할 수 있는 회사에서 제안이 왔다. 제안을 수락하는 순간 장거리 연애가 시작될 테고, 불안해질 관계에 연인도 마냥 응원해주지 못했다. 결국 A는 제안을 거절했고 여전히 이직 준비를 하고 있다.

B에겐 4년 넘게 만난 연인이 있다. 결혼도 생각할 만큼 좋은 관계를 이어왔지만 B는 부모님에게 상대방을 소개시킬 자신이 없다. 부모님은 속물적인 사람들이라 항상 '조건이 좋은 사람'을 만나라고 강조했고, B의 연인은 그 기준에 부적격자이기 때문이다. B는 그런 부모님을 이길 자신이 없었고 몰래 만남을 이어오다가 최근 이별했다.

C는 어려서부터 뚜렷한 꿈이 있었고 이룰 수 있을 거라 확신했다. 결혼 전까진. 아이 둘을 갖고 키우다 보니 자연스레 자신보다 아이들이 우선이 되는 삶을 살게 되었다. 자신의 꿈도 희미해져갔다. 자기에게 그런 꿈이 있었는지조차 까맣게 잊은 지금, 아이가 C의 새로운 꿈이 되었다.

우리는 무얼 위해 사는가. 지금 하는 모든 행위들이 나를 위한 것이 맞는가. 한 번뿐인 인생에서 오로지 내 의지로, 나만을 위한 선택들이 몇 개나 될까. 제각각 모양이 다른 톱니바퀴를 맞물려 돌리기 위해 조금씩 나의 모양을 갈고 부수고 다듬는다. 그렇게 희생과 배려로 만들어진 톱니바퀴는 잘 굴러가겠지만 이전의 방향과는 확연히 다르다.

너와 나의 연결고리는
나를 갈아 우리를 만드는 과정이다.

연 기 력 논 란

———

나는 왜 자꾸

익숙한 척하는 걸까

아무리 시간이 지나도 익숙해지지 않는 것이 있다. 미
용실. 그곳에서 나는 다른 사람이 된다. 아니, 그러려
고 노력한다. 그곳이 익숙한 사람처럼 보이기 위해 연
기한다. 들어서자마자 나를 반기는 사람에게 반 톤 정
도 높인 목소리로 인사하는 것에서 시작된다.

"여기서 잠시 기다리시면 곧 자리로 안내해드릴게요."

미용실을 자주 오진 않지만 그렇다고 처음 오는 곳도 아니다. 그럼에도 올 때마다 이곳을 낯선 듯 훑어본다. 무심하게 잡지를 넘기는 여자들과 심심찮게 보이는 심드렁한 표정의 남자들, 시끄럽게 돌아가는 헤어드라이기 소리와 가위질 소리가 그 사이를 메운다.

그때 불쑥, 한 여자가 내 어깨 위로 고개를 들이밀더니 음료를 권한다. 내게 베푸는 친절로 보이지만 그저 저들의 소임일 뿐이다. 찾아온 손님에게 제공해야 하는 매뉴얼 중 하나다. 음료 서비스까지 완수해야 일이 끝나는 것이다. 정확히 말하면 내가 지불할 비용에 포함된 서비스다. 아, 그럼 서비스가 아닌가.

이때 나는 꼭 준비되어 있는 음료의 종류를 물어본다. 결국 아이스티를 마실 거면서 대체 왜 묻는지 모르겠다. 아마 그래야 조금 더 자연스럽다고 생각하는 모양이다. 이내 음료가 나오고 차분하게 두어 모금 마신다. 이 정도면 꽤 무난하다. 그래, 아주 자연스럽게 잘하고 있어.

"가운 입으시고 이쪽에 앉으세요."

자리에 앉으려는데, 또다시 여자가 말을 건다.

"등에 쿠션 놔드릴까요?"

여자의 갑작스런 제안에 앉으려다 말고 엉거주춤 다시 일어났다. 아, 쿠션. 그러세요. 반사적으로 응해버렸지만, 그녀는 내 대답에 잔뜩 묻은 어색함을 알아챘을 것이다. 이쯤은 아무것도 아니라고 어른 놀이를 해보고 싶지만 좀처럼 되지 않는다. 모두가 제 역할을 해내고 있는 무대에 신인 배우 한 명만 허둥지둥한다. 아무도 신경 쓰지 않는 그녀의 발연기. 왜 낯선 건 끝까지 낯설기만 한 걸까. 더 심각한 건 난 왜 자꾸 이곳에서 익숙한 척하려는 걸까.

'나 이런 서비스 누릴 줄 아는 사람이야.'

무슨 생각을 하고 있는지 꼭 온몸으로 드러내고야만다. 그래도 많이 나아졌다. 이내 나타난 디자이너란 남자는 두서없이 남발하는 나의 설명, 나도 이해 못할 그 설명을 알아들었다며 잡지 한 권을 건네주는 것으로 작업을 시작하겠다는 신호를 보낸다. 그는 나의 머리에 지독한 냄새가 나는 물감 같은 것을 잔뜩 바르더니 또 어디론가 사라졌다. 드디어 혼자다. 좋다.

"샴푸실로 모실게요."

어느 정도의 시간이 흐른 걸까. 어두침침한 곳으로 젊은 남자가 날 데려간다. 군데군데 놓인 향초와 황색 조명, 마지막으로 무릎에 놓인 담요와 내 눈을 가린 안대까지. 이곳은 내게 편안함을 강요한다. 지금 내가 느끼는 불편함과는 달리, 나의 의식은 무기력하게도 몽롱해진다.

고객, 손님의 머리를 감겨주는 것. 더러움을 씻어내고 모발을 보다 건강하게 유지하게끔 도와주는 서비스. 그렇다. 단순히 그거다. 이 단순한 행위를 나 같은 고리타분한 사람이 해석하게 되면 이렇다.

거품을 씻어내기 위해 귀를 만지고 (그것도 상당히 야릇하게!) 마사지를 한다며 뒷목을, 등과 목의 경계선까지 넘나들며 주물럭거린다. 참고로 나는 머리카락 한 올 한 올, 감각이 살아 있다. 두피 신경세포가 몇 개인지도 셀 수 있을 것 같다. 낯선 남자가 내 머리를 쓰다듬으면 그는 즉시 내게 의미 있는 존재가 된다. 눈빛이 바로 돌변하고 발가락이 움찔움찔 꼼지락거린다. 숨겨야 한다. 들키면 안 된다. 빨리 끝나라, 제발! 뭘 그렇게 해주겠다는 게 많은 건지. 고문과도 같았던 샴푸 시간이 끝나고 자리에 돌아왔다. 휴, 이제야 숨을 돌린다.

아니다, 끝이 아니었다. 그가 커트를 해주겠다며 다시 나타났다. 빗질을 계속한다. 거울 속 나를 보며 이리저리 살핀다. 나 또한 거울 속 나를 본다. 거울 안에서 그와 시선이 마주친다. 뭔 놈의 거울이 이리도 크담. 시선을 아무리 돌려도 거울을 피할 수 없다. 이것 또한 불편하다. 사랑하는 사람도 아니고, 어떤 관심도 없는 사람인데 나는 왜 이 남자를 계속 보고 있어야 하는 걸까.

"수고하셨습니다. 머리 정말 잘 나온 것 같아요."
'맞아요, 맞아요. 무조건 맞아요.
그러니 날 어서 보내줘요.'

엘리베이터까지 굳이 굳이 따라온다.

'인사 안 해줘도 되는데……. 오지 마, 제발.'

　어느 순간부터 나는 연기하길 포기했다. 처음 이곳을 들어섰을 때 콧대를 세우며 도도한 콘셉트를 잡던 여자는 온데간데없고 당황해서 어쩔 줄 모르는 촌스러운 여자가 한 명 서 있다. 그렇게 도망치듯, 미용실을 빠져나왔다.

그나저나 머리는 잘 나왔다.
다시 그곳을 가야 하면 어쩌나 했는데,
참 다행이다. 감사하다.

나 는 야
예 스 맨

———

우습게도 이게 남들 눈엔 배려로 보인다는 거다.

이것 또한 참 웃프다

1.

나의 첫 사회생활은 바야흐로 엉망진창이었다. 방송 작가가 되고 싶다는 꿈만 있었지, 그걸 위해 어떻게 해야 하는지는 모르는 백지상태였다. 운 좋게 방송국에 들어왔지만 실무를 배우면서 동시에 제 몫을 해내야 하는 카오스 상태였다.

웹 담당부서: 방금 결정한 부분이요, 홍보실에도 말씀해

주시겠어요?

나: 네네.

홍보실: 그럼 그렇게 하기로 하고, 웹 담당부서에도 그렇게 전해주세요.

나: 네네.

그 전부터 익히 들어온 말이 하나 있었다. 막내작가는 귀 막고 입 닫고 눈 감고, 그렇게 3년을 보내면 된다고. 내 의견보다 위에서 내려오는 지시를 잘 따르기나 하라고. 그때부터 나는 팔자에도 없던 순종적인 아이가 되었다. 하라는 대로 하면 되겠지 했다. 거부와 거절 따윈 모르는 '예스맨(YES MAN)'이 된 것이다.

이런 나를 안타깝게 지켜보던 상사 한 분이 말씀하셨다. 무조건 착한 게 잘하는 게 아니라고. 지금 엉뚱한 일을 맡아서 하느라 정작 네가 처리해야 할 일은 못하고 있지 않느냐고. 그들이 다른 부서에 전달해야 할 말을 왜 네가 대신 해주고 있느냐고. 멍청하게도 그때 나는 그 말이 칭찬인 줄 알았다.

앞으로 걷고 있었다. 몸이 저절로 움직이는 게 누가 조종하는 것 같았다. 어디로 가는 걸까. 이미 목적지가 정해진 듯 방향은 뚜렷했다. 고개를 미세하게 끄덕거렸다. 고개를 저으려고 해봤지만 목이 마음처럼 움직여주지 않았다. 손등에 거미줄같이 얇은 실이 매달려 있는 걸 발견했다. 발등에도 붙어 있었다. 실의 끝을 따라서 올려다봤다. 나를 삼킬 수 있을 만큼 거대한 몸통과 팔뚝. 그것이 넘실넘실 움직일 때마다 나는 이리저리 흔들거렸다.

얼마 지나지 않아 그게 욕이었다는 걸 깨달았다. 아이템 기획안을 제출하라는 지시가 떨어진 것이다. 자유롭게 작성해보라는 말은 들리지 않았다. '이건 이래서 안 될 것이고 저건 저래서 안 되겠지'라고 생각하며 뻔한 기획안만 만들어댔다. 결과는 역시나 퇴짜였다. 엉뚱한 일에만 매달리고 있던 내가 기획안이라고 제대로 쓸 수 있을 리 없었다.

점차 작아진 나는 그만큼 목소리도 줄어들었다. 조심스럽게 앞으로 한 발짝 내딛어보지만 남들 눈에는 띄지 않았다. 자연히 누군가에게 끌려가는 걸 택했다. 누군가의 등 뒤에 숨어 있는 혹은 손에 붙들려 끌려가는 형태였다.

승진을 하고 싶기도 하고 또 하고 싶지 않기도 했다. 메인작가가 되면 내가 결정해야 할 상황들이 많아질 테니까. 그때 알았다. 수동적인 게 이렇게 편하구나. 뭔가를 책임지고 이끄는 건 무서운 거구나. 나의 꿈이 막내작가는 아니었는데. 이럴 때 쓰는 말인가보다. 참 웃프다.

2.

뭘 하는지가 뭐가 중요해. 너랑 함께 있는데!

말이나 못하면. 나는 내가 날 때부터 낭만주의자인 줄 알았다. 물론 저 말이 완전 거짓은 아니지만 나도 하고 싶은 무언가는 있었다. 단지 나의 생각을 먼저 드러내길 싫어했다. 주도권을 상대에게 넘겨주기 위해 안간힘을 쓰는 사람이었다. 내 마음을 말하기 전에 상대가 먼저 다른 의견을 보이면 나의 생각은 애초에 없었던 것처럼 묻어버린다. 그렇게 사라지는 듯하다가도 묻어두었던 마음은 불쑥 다시 부활한다. 그럼 정말 사라진 건 아니잖아?

공이 네트를 넘어 내 쪽으로 날아온다. 원하는 방향

으로 적절한 힘을 가해 상대편으로 넘겨야 한다. 그런데 나는 어찌된 일인지 공을 피해 다니기만 한다. 공이 닿을라 치면 벌레라도 본 것마냥 악 소리를 내며 패대기쳐버린다. 공을 만지면 손이 데기라도 하는 것처럼 요리조리 피하기만 하던 사람은 기도한다. 님(공)아, 그 선을 넘지 마오.

넌 정말 배려심이 뛰어난 사람 같아.

정말 그렇게 생각해? 아니야, 잘못 봤어. 난 배려심이 좋은 게 아니야. 배려일 때도 있었지만 그저 결정하기가 무서웠던 것뿐이야. 원하는 걸 드러내는 게 얼마나 무서운지 넌 모르지. 어쩌면 난 호구가 되고 싶은 건지도 몰라. 배려랑 호구는 다르거든. 무조건 맞춰주며 상대방 의견대로 따르는 게 편하다고 여기는 게 문제지. 중요한 건 거기에 내 의사는 없다는 거야.

"그럴까? 그래, 그렇게 하자!"
"네가 좋아하는 건 뭔데? 뭘 하고 싶은데?"

의견을 내는 것 자체보다 만약 상대방과 내가 다른 선택지를 골랐을 때, 내 의견을 설득해야 하는 경우가 겁이 났다. 그냥 내가 맞춰주는 게 편하니까. 두 사람이 선을 사이에 두고 대치하고 있는 상황이 두려운 거다. 두 사람이 의견을 조율하는 게 갈등이라고 느껴지고, 그게 무서워 이리저리 피해 다닌다. 가능하면 그럴 상황을 만들고 싶지 않다.

이게 남들 눈엔 배려로 보인다고 한다.

이것 또한 참 웃프다.

착한 거랑
비겁한 거랑은 달라

———

상처주기 무섭다는 건
핑계일지도 모른다

대학동기에게 오랜만에 연락이 왔다. 오랜 시간 동안
취업 준비를 하던 친구는 염원하던 금융권으로 입사
를 하게 됐단다. 함께 옛날 이야기를 떠올리며 한참 깔
깔거리던 중 그는 말을 끊었다. 대개 부탁이란 상대가
빈틈을 보일 때 들어오는 법이다. 그리고 빈틈은 인위
적으로 만들어야 한다. 당근을 주고 기름칠을 해서 상
대의 긴장을 풀어주면 이때가 최적의 타이밍이다.

친구는 때를 놓치지 않았다. 기다렸다는 듯이 쏟아 낸 말들은 나의 입을 무겁게 했다. 좋은 상품이 있는데 하나 가입해줄 수 있겠느냐고. 손해 볼 일은 없을 거라 며. 부탁을 듣기 전까지 우리가 그간 얼마나 절친했던 사이였는지 대화를 나눈 터라 갑작스러운 냉기류가 견 딜 수 없이 어색했다.

내게 거절하기는 참으로 무서운 일이다. 솔직히 말 해 상대의 마음을 거절하는 일은 정말이지 부담스럽 다. 차라리 내가 거절당하는 게 낫다고 입버릇처럼 말 할 정도였다. 그들의 마음에 못질을 해야 하는데 그건 너무 잔인하다. 나는 나쁜 사람이고 싶지 않다. 내게 무 언가를 부탁하려는 사람들은 나의 눈에 온몸에 무기를 장착하고 있는 것과 같았다. 촉촉한 눈망울은 간절함 을 대변했고 끊임없이 내뱉는 문장들은 다급함을 호소 하고 있었다. 그것들을 무장하고 내 마음에 쳐들어오 면 속수무책으로 방어선이 무너지곤 했다. 마비된 이 성은 내 마음에 거짓을 속삭였다.

'이 정도는 괜찮지 않을까?
안 그래도 이런 거 하나 만들려고 했었어.

이런 상황에서 나에게는 항상 같은 일이 반복된다. 내가 나를 속이는 일. 다른 사람이 내민 손을 쳐내기 어려워 그냥 질끈 잡아버리고는, 나는 이 손이 정말 잡고 싶었노라고 해맑게 웃는 사람, 그게 나라는 사람이다. 정신 차려야 한다. 흉흉한 일이 판치는 세상에 나 자신까지 믿지 못하면 정말이지 삶이 피곤해질 테니까.

문제는 거절하는 방법이다. 거절을 못하는 사람은 출구도 모른다. 아니, 알아도 곧장 가지 못하고 쳐다만 볼 뿐 그 주변을 빙빙 돈다.

"아니, 내가 요즘에 일이 많거든. 정신없이 하고는 있는데 그 업체들이 또 사정이 안 좋다는 거야. 그래서 원고료 수급이 늦어질 수도 있다고 말하는데 언제 줄 지는 장담 못한다더라고. 이번 달에 나갈 축의금만 세 군데가 넘기도 하고……."

무슨 말이 그렇게 많은지. 그냥, 단순 명료하게 "미안해, 지금 사정이 좋지 않아서 도와주기 어려울 것 같아"

이 말이 그렇게 힘든가? 상처주기 무섭다는 건 어쩌면 핑계일지도 모른다. 사실 상대에게 나쁜 사람이 될 용기가 없는 건지도.

상처를 줘야 할 땐 과감히 줄 줄도 알아야 하는데
나는 그 방법을 몰라 비겁함을 택한다.

울고 싶을 땐 울어,
괜찮아

———

울면 지는 거라는 말대로라면
난 이제껏 얼마나 진 걸까

어릴 때 사진첩을 보면 나의 눈은 늘 퉁퉁 부어 있다.
아버지가 나더러 울지 말라 다그치는 사진들도 있고,
심지어 가족사진 속에서도 나는 울고 있다. 사진사가
우는 나를 달래다가 지쳐 그냥 촬영한 게 분명하다.

"또 울어? 울지 좀 마."

"넌 뭐가 그렇게 슬프니? 그만 좀 울어."

"너 우는 거 보면 있던 정도 떨어져."

그때는 뭐가 그리 슬프고 억울한지 툭 하면 눈물이
났다. 그럴 때면 어김없이 타박을 들었다. 쉽게 눈물을
보이는 점은 나의 치명적인 콤플렉스였다. 울고 있는
사람은 약해 보이고, 이성적이지 못한 느낌이었다. 울
면 지는 거라는 말대로라면 난 이제껏 얼마나 진 걸까.

'누군 울고 싶어서 우나.
내 눈이 수도꼭지도 아니고
자유자재로 틀었다 끌 수가 없다고.
남들보다 눈물샘이 좀 얕아서
쉽게 물이 넘치나보지, 뭐.'

하지만 이렇게 정신승리를 하게 된 것도 최근의 일
이다. 세상은 '운다'는 행위를 청승맞고 초라한 감정으
로 다룬다. 사실은 마음이 버거울 때 바깥으로 불순물
들을 토해내는 자기치유법인데. 오래 묵힌 눈물을 배
출시켜야 비로소 마음속 응어리가 해소되는 기분이다.
한없이 슬픔에 빠져 있다가 헤어날 때는 희열이 느껴

진다. 그 홀가분함을 아는 이상 세상이 슬픔을 배척한 대도 나는 슬픔을 멀리할 수 없었다. 대신 그때부터 나에게는 슬픔을 감추는 능력이 생겼다.

울고 싶은 날에는 조용히 혼자 있을 공간을 찾는다. 방에 틀어박히거나 영화관에 간다. 여의치 않으면 화장실에라도 들어간다.

유난히 마음이 힘든 날이면 일부러 나를 슬픔이라는 방에 가두기도 한다. 감정선은 까다로워서 아무것에나 자극되진 않는다. 슬픈 발라드 한 곡을 반복해서 듣거나, 흐린 날씨에 흘러가는 구름을 멍하니 바라보거나, 최루성 영화를 볼 수도 있다. 그중 몇 가지를 '울고 싶은 날' 폴더에 저장해두고 마음이 한없이 가라앉은 날에 꺼내놓는다.

그러나 슬픔에 중독된 것처럼 아무 때고 이 폴더를 열어보는 일이 많아지자 언젠가부터는 나의 눈물샘이 작동하지 않았다. 내성이 생긴 것일까. 눈물샘이 고장난 것일 수도 있다. 그렇게 나는 한동안 고장난 수도꼭지인 채로 살았다.

어느 날은 영화관에서 오열하는 남자를 본 적이 있

다. 간간이 스크린 빛에 비친 남자의 눈물 젖은 얼굴. 그다지 슬픈 영화도 아니었는데 그는 펑펑 울고 있었다. 한참을 영화 대신 눈물 흘리는 그의 얼굴을 바라봤다. 그러다 문득 부럽다는 생각이 들었다. 나도 저렇게 엉엉 소리 내서 울고 싶다. 나도 한때는 저렇게 울 수 있었는데, 분명 그랬는데. 슬픔을 도둑맞은 기분이다. 이제는 슬퍼도 눈물이 나지 않는다.

그때 내게는 간절히 원하는 사람이 있었다. 내 곁에 있어주길 바랐지만 매번 타이밍이 문제였다. 내가 다가가면 그는 멀어졌고, 그가 다가오면 나는 어디론가 떠난 후였다. 그렇게 몇 번을 반복하자 사랑은 습관이 되었고 오기로 변질되었다.

마지막으로 그가 내게 손을 내밀었을 때, 내 사랑은 이미 퇴색되었고 처음의 달콤함은 사라진 지 오래였다. 한번도 그에게 거절을 뱉어본 적이 없던 나였기에, 끝을 이야기하는 내 입술이 스스로도 어색하게 느껴졌다. 그토록 바라던 때에는 가질 수 없다가 이제 내 마음이 닳고 닳아버렸을 때에서야 문을 두드리는 그 사람이 원망스러웠다.

그의 손을 뿌리치면서 나는 처음 말을 시작한 아이처럼 버벅거렸다. 떨리는 입술, 부산한 손가락들. 그러면서도 마음속은 꽤나 일렁였다. 한동안 메말라 있던 눈물샘에 다시 파도가 치는 것 같았다. 그저 얼른 이 자리를 피해야겠다는 생각뿐이었다. 그를 거절하면서도 말 한마디 한마디마다 묻어나는 혼란스러움을 보이고 싶지 않았다.

나는 도망치듯 그와 헤어졌다. 그리고는 10차선 대로변에서 엉엉 울었다. 얼마 만에 터진 눈물인지. 지나가는 사람들이 쳐다봐도 상관없었다. 그 순간만큼은 타인의 시선 따위는 신경 쓰이지 않았다. 그에게 향하는 사랑을 막을 수 없었던 것처럼, 터져 나오는 눈물도 내 힘으로는 막을 수 없었다.

그러면서 동시에 감정을 다시 눈물로 쏟아내는 내가 좋았다. 여태껏 나의 모든 걸 뒤흔드는 그에게서 벗어날 수 없었던 것도 같은 이유에서였다. 어떤 것에도 슬픔을 느끼지 않고 무미건조하던 내가 여전히 살아 있다고 말해주는 것 같았다. 그리고 그와 헤어진 지 얼마 지나지 않아 한 통의 문자메시지를 받았다.

'울지 마.'

그제야 나는 단 한 번도 그의 앞에서는 약한 모습을 보인 적이 없다는 걸 깨달았다. 사랑하는 사람에게도 마음 편히 기대어 쉬어본 적이 없다는 사실이 나를 더 슬프게 했다.

초라해 보이지 않으려 애쓴 나의 자존심이
지금은 나를 더 초라하게 했다.

그래봤자 너랑 같은
얼룩말일 뿐이야

———

한번 설정된 관계는 좀처럼 바뀌지 않았다.
위치가 정해진 것이다

드넓은 초원에 무리 지어 있는 얼룩말들이 보입니다. 물가에 나란히 서서 목을 축이는군요. 그런데 저 멀리, 무리에 끼지 못한 한 마리의 얼룩말이 보입니다. 그저 바라보기만 할 뿐 움직일 기색이 없습니다. 주변에 포식자인 사자라도 발견한 것일까요? 초원에는 얼룩말뿐인데 이 녀석은 왜 무리에서 떨어져 있을까요?

결코 정지화면이 아닙니다. 외따로 선 얼룩말은 망설입니다. 녀석은 한 발짝 내딛어보지만 물을 다 마시고 자리를 떠나는 몇 마리들의 움직임에 화들짝 놀라 걸음을 거듭니다. 다시 제자리입니다. 목을 축인 얼룩말들은 이 얼룩말을 무심코 지나칩니다. 그에게 머문 시선은 그리 길지 않습니다만 목마른 얼룩말은 그 짧은 시선에도 크게 움찔하며 고개를 돌립니다. 애석하게도 녀석은 한동안 같은 행동을 반복하는군요. 얼룩말들끼리도 서열이 존재하나봅니다.

성격: 온순하다, 털털하다, 차분하다⋯⋯

말투: 빠르다, 분명하다, 어물거리다⋯⋯

표정: 잘 웃는다, 무표정하다, 차갑다, 부드럽다⋯⋯

빠른 시간 내에 얼마나 많은 정보를 수집하는가에 따라 관계 안에서 벌어지는 수 싸움에도 유리하다. 무던할수록 불리하고 예민할수록 유리하다. 단 예외가 있다. 예민한 세포로 남의 눈치를 보는 데만 급급해 본인을 내세우지 못하는 사람들이다. 바로 '목마른 얼룩말들'이다.

그녀 앞에서 나는 영락없이 목마른 얼룩말이었고, 그녀는 무리의 우두머리였다. 그녀의 이름이 들릴 때면 나의 심장박동수가 올라갔고 그녀가 내 이름을 부를 때면 어깨가 움찔거렸다. 딸꾹질이 난 사람처럼 경직됐다.

스타카토를 연상시키는 단호하고도 분명한 말투로 날 부를 때는 분명 내가 무언가를 잘못한 것이다. 낮게 깔린 저 목소리는 그녀가 지금 많이 답답한 상태라는 것이다. 부름을 받은 이가 전전긍긍해하며 옆에 서 있는데도 그녀의 동공은 모니터만 끈덕지게 바라본다. 나에게 시선을 주지 않는 이유는 최소한의 인간적 배려일 것이다. 그녀의 눈길에 나는 더욱 얼어붙을 테니까. 나는 그녀가 내뿜는 모든 것에 주눅 들어 있었다. 그리고 그녀도 이런 나를 알고 있었다.

한번 설정된 관계는 좀처럼 바뀌지 않았다. 서로가 서로의 위치를 알게 된 후 그 관계는 더 견고해진다. 그녀는 내 위에 군림하고 나는 그녀 앞에 무릎 꿇고 복종한다. 내가 어떤 생각을 하건 어떤 기분이건 그녀 앞에서는 스스로 묵살한다. 그녀가 별 뜻 없이 한 말에도 얼어붙어 허튼 소리를 남발한다. 제 아무리 똑똑한 사람이라도 이런 환경에서는 갑자기 멍청해진다. 그녀가 내뿜는 아우라에 나의 모든 신경세포는 마비되었다.

이제는 복구 방법을 모르겠다.

정신 차려. 쫄지 마!

무엇이 나를 이렇게 만들었을까. 처음에는 단순히 그녀와 내가 잘 안 맞는다고 생각하기도 했다. 이제껏 그래서 도망쳤던 관계도 부지기수였으니까. 하지만 그녀에게는 나의 급소를, 가장 약하고 여린 부분을 한 방에 보내버릴 수 있는 무기가 있었다.

이를테면 그녀의 급한 성격은 나를 불안하게 했다. 두서없이 말하는 탓에 그녀는 내 말을 끊거나 내 의도와 다르게 단정 짓기도 했다. 무슨 말을 해도 들어줄 것 같지 않은 상대를 대하기란 무서운 일이다.

이러한 먹이사슬은 언제, 누가 정하는 것일까. 나의 눈에 보이는 게 너의 눈엔 안 보이기도 하고, 나의 급소를 공격할 무기를 너는 갖고 있기도 하고 또 갖고 있지 않기도 하다. 이런 걸 궁합이라고 하는 걸까. 나와 기질이 맞는 사람과 아닌 사람.

분명한 건 날 움츠러들게 하는 사람을 군이 내 영역 안으로 들이려는 허튼 노력은 하고 싶지 않다. 대신 나의 급소를 아주 없애진 못하더라도 노련하게 숨긴다거나 크기를 줄일 수 있다. 피할 수 없다면 맞춰야 한다. 그래도 즐길 수는 없겠지만.

'저 사람도 별것 아니야.'

'난 무섭지 않아.'

그래봤자 저 사람도 한 마리의 얼룩말이다.

나 같은 얼룩말일 뿐이다.

'미안해'라는
빨간약

———

사과는 상처를 치유하는 빨간약이다.

하지만 나는 빨간약이 무섭다

미안해. 나는 이 말을 몸서리칠 정도로 싫어했다. 사과를 들으면 더 기분이 나빠졌다. 상대방의 의도와는 다르게 내 표정은 굳고, 심장은 더 불안정하게 뛰었다.

　모든 사과가 같지는 않다. 지하철에서 누군가가 내 어깨를 치고 지나갔을 때는 오히려 사과를 듣지 않으면 화가 난다. 앞사람이 내 발을 밟았을 때도 그렇다. 이는 대체로 사소한 경우들이다. 굳이 사과를 듣지 않아도 금세 자연히 잊힐 정도의 일들.

> "이번 프로젝트는 다른 분과 함께하게 됐어요.
> 열심히 해줬는데 미안해요, 다혜 씨."

진심으로 열과 성을 쏟았는데, 기대와 희망으로 나의 부푼 마음을 한순간에 날카로운 바늘로 콕 하고 찔러 터뜨린 경우는 다르다. 나를 제치고 선택된 사람에게 분명 나보다 더 뛰어난 무언가가 있었을 것이다. 팀에는 나보다 그 사람이 필요했고 선택했다. 그걸 인정하기 싫은 것뿐이다. 내가 바라보고 있는 건 내 속의 상처다.

> 나는 선택받지 못했다.
> 내가 또 도전할 수 있을까?
> 자신이 없다.

"미안하다는 말 좀 그만해." '미안해'에는 명백히 상처를 준 사람과 받은 사람이 존재한다. 나는 주로 상처받은 역할을 맡는다. 그리고 그 사실을 인정하고 싶지

않은 것이다. 내 귀에 그 세 글자가 들려오는 순간, 나의
마음은 조각조각 부서진다.

'미안해'는 상처를 치유하는 빨간약이다. 상처받은
이를 위로하는 말이다. 하지만 나는 그 빨간약이 무서
웠다. 갓 다친 무릎에 처음 닿는 빨간약 한 방울의 공포.
진정되지 않는 가슴을 부여잡고 상처 난 무릎을 잡고
울기만 한다. 나를 치료해주겠다며 누군가 뛰어오고
있지만, 나의 시선은 그의 두 손에 고정돼 있다. 제발 그
약을 꺼내지 마. 그 약은 날 더 고통스럽게 할 거야. 그
약은 내가 어디가 얼마나 아픈지 더 실감나게 할 거라
고. 그러니 제발, 빨간약을 꺼내지 말아줘. 미안하다고
말하지 말아줘.

여태껏 왜 사과를 받는 일이 불편한지 모르고 있었
다. 나는 사과받을 정도로 기분이 상하지 않았기 때문
이라고 생각했다. 상대방의 일방적인 사과는 기분이
나쁘고 불쾌하다고만 여겼다. 괜찮다는데도 들이미는
사과가 도리어 무례하니 그러지 마시라고 마다했다.

하지만 까진 지 얼마 안 된 무릎은 빨리 치료할수록
좋다. 약이 닿는 순간의 쓰라린 고통은 금세 괜찮아질

테고, 치료가 빠를수록 아무는 속도도 빠르다. 물론 흉터도 남지 않을 것이다. 난 그 고통이 두려워 지금까지 빨간약을 건네는 사람들의 손을 내쳤다. 건드리지 마세요. 난 다치지 않았습니다. 아무렇지 않아요. 그러니 약 따위는 필요 없어요.

상처 난 자리는 진물이 흐르고 곪기를 반복했다. 오랜 시간이 지나 아문다 해도 크게 흉이 졌다. 게다가 다친 후로는 그 부위가 유독 약해져서 살짝만 부딪쳐도 쉽게 상처가 덧났다. 그래서 사소한 자극에도 민감하게 반응했다. 이 모두가 제때 치료를 받지 않은 탓이었다. 바로 빨간약만 발랐어도 괜찮았을 텐데.

사과를 받는 일에도 용기가 필요하다. 이제 나는 씩씩하게 빨간약을 받아들인다. 닿자마자 상처가 쓰라리겠지만 그 아픔은 길지 않을 것이다. 상처는 빠르게 아물어 흉터도 없이 이내 두텁고 견고한 새살이 돋을 것이다.

분명 또 어딘가에서 상처를 받겠지만
이제는 치료가 두렵지 않다.
내 마음은 더 단단해질 테니까.

배려라 쓰고
거짓말이라 읽는다

———

그건 진짜 사랑이었을까?

"부탁하는데, 앞으로 나한테 배려하지 마." 불면증에
시달리는 그는 그날도 잠을 제대로 자지 못했다. 그 덕
에 하얀 얼굴은 유난히 창백해 보였다. 하얗게 질린 얼
굴로 내뱉은 말에 내 머리 위에는 물음표 여러 개가 둥
둥 떠다녔다. 날 시험하는 건가 싶기도 했다. 배려를 하
려면 제대로 하라는 뜻인가? 내가 아는 배려는 나보다
상대 입장에서 먼저 생각하고 행동하는 것이다. 그걸

하지 말라는 건가? 왜?

점심에는 그가 좋아하는 새우볶음밥을 먹으러 갔다. 나는 일전에 새우볶음밥을 먹으면 마음이 평온해진다던 그의 말을 기억하고 있었기 때문이다. 그런데 식사를 하면서도 그의 수수께끼 같은 말은 계속 이어졌다.

그는 엄마를 미워했다. 그럴 수 있다. 가족이라고 모두가 돈독한 사이인 건 아니니까. 하지만 그가 엄마를 미워하는 이유는 엄마가 가족들에게 헌신하기 때문이란다. 그런 모습이 답답하다고 한다. 이 지점에서 그의 마음이 알 듯 말 듯 희미해지기 시작했다. 그래서 나의 위로 아닌 위로도 흐리멍텅했다. 딱히 무슨 말을 해야 할지 몰라 어쭙잖게 어물거렸다. 가만히 있으면 중간이라도 갈 텐데.

"어머니께서 가족을 많이 사랑하니까 헌신하신 걸 거예요. 조금 지나면 어머니의 마음을 이해할 날이 오지 않을까요?"

글로 옮기고 싶지도 않다. 내가 방금 위로라고 했던가? 지금에 와서 되돌아보니 그건 분명 훈계였다. 성숙한 어른인 척하는 사람이 건넨 미성숙한 훈계. 시간을 돌릴 수만 있다면 내가 그런 말을 내뱉기 전으로 돌아가고 싶다.

그리고 역시 그는 내 말에 어떤 대답도 하지 않았다. 상대의 마음을 파악하지 못하면 엉뚱한 문을 두드리게 된다. 또한 상대가 어떤 갈증을 느끼는지 파악하지 못한 위로는 한없이 초라하고 무가치하다. 박 터뜨리기처럼 목표 지점을 맞추지 못하면 아무리 세게 던져도 오발탄일 뿐이다. 그는 그때 내가 뱉은 헛헛한 말에 얼마나 답답했을까.

어느 날 아침, 그에게 걸려온 전화에서 그간의 수수께끼에 대한 해답을 찾을 수 있었다. 그는 지난밤에도 깊은 잠을 이루지 못하고 악몽에 시달렸다. 수화기 너머로 들리는 그의 목소리에서 간밤의 괴로움을 읽을 수 있었다.

꿈에서 그는 돌아가신 할아버지 손을 붙들고 엉엉 울고 있었다고 한다. 나는 꿈 내용을 듣고는 할아버지가 살아 계실 때 사이가 가까웠나보다 정도로만 짐작했다. 하지만 이마저도 한참을 빗나간 생각이었다.

그는 어릴 적부터 바쁘신 부모님을 대신해 할아버지

손에 자라서 할아버지에게 각별한 애착을 갖고 있었다. 그에게 할아버지는 보호자였고 버팀목이었다. 수능을 며칠 앞둔 어느 날, 등교하기 전 할아버지는 그에게 선반 위에 있는 무거운 짐을 내려달라고 하셨다. 그는 학교에 다녀와서 도와드리겠다고 말했더랬다. 급하게 인사를 하고 집을 나섰던 그날 아침이 할아버지와의 마지막 인사였다.

부모님은 그날 그가 학교에서 돌아올 때까지 할아버지의 임종을 알리지 않았다. 시험 준비로 바쁠 아들을 위한 '배려'였다. 그깟 수능이 뭐라고. 후에 이 사실을 알게 된 그는 때때로 마지막 인사를 나누던 아침으로 돌아가곤 했다. 도와드릴걸. 사랑한단 말도 자주 해드릴걸. 부모의 배려가 그를 오랜 기간 죄책감에서 헤어나지 못하게 묶어둔 것이다. 그의 부모님은 입버릇처럼 이건 '어른들의 일'이라고 말했었다. 너는 네 일만 충실히 하면 된다고. 그는 부모를 이해하고 싶었지만 그래서 더욱 용서할 수 없었다. 아이도 어른도 사랑하는 사람을 잃었을 때의 슬픔은 똑같다. 어른들의 배려가 그에게는 거짓말에 불과했다.

"사실 나, 새우볶음밥 안 좋아해."

오래전부터 나는 새우알레르기가 있었다. 새우를 먹고 나면 늘 목이 간지러웠다. 하지만 그의 불면에 조금이라도 도움이 된다면 참을 수 있었다. 반나절 정도만 지나면 가라앉으니까. 희생하고 배려하고 참고 견디는 것이 내가 그를 사랑하는 방식이었다. 그런데 그 사람에게도 나의 사랑이 사랑으로 느껴졌을까? 이것도 그에게는 배신이라고 생각될 수 있다면 과장일까. 나를 갉아먹으면서까지 상대를 위하고, 상대의 생각을 앞서 짐작하고 위해주려는 건 모두 내 욕심일 뿐이다.

그의 이야기를 듣고 나서 배려의 참 의미를 알게 되었다. 진짜 배려는 상대가 '이럴 것이다'라고 짐작하는 게 아니라, 상대가 원하는 바를 알기 위해 노력하는 것에서부터 시작된다. 내가 해주고 싶은 일과는 별개로 상대의 마음을 알아차려야 한다.

넘겨짚은 무성의한 배려는
오히려 폭력이나 상처가 될 수도 있다.
마치 나의 싸구려 위로처럼.

군중 속 혼자를
자처하는 사람들

———

혼자가 편하다고 나를 설득시킨다.

나는 이제 누구도 기다리지 않는다

여기, 세상 혼자 사는 여자가 있다. 그는 오늘도 머리
부터 발끝까지 검은색으로 무장했다. 여자는 출근하
자마자 탕비실에서 커피 한잔을 내린다. 그 안에는 이
미 많은 동료들이 있었고, 그들은 서로 아침인사를 나
눈다. 그는 과하지도 모자라지도 않게 그들에게 인사
를 건넨다. 적당한 미소와 고개 숙임, 그 이상의 대화
는 차단한다.

자리에 앉자마자 그는 헤드폰을 낀다. 귓바퀴 전체를 감싸는 쿠션에 모든 '소음'이 제거된다. 아홉 시부터 여섯 시까지, 그를 둘러싼 공간에서 일어나는 일은 그저 먼지에 지나지 않는다. 풀풀 흩날리는 먼지. 어디를 거쳐 어디로 향하는지, 그 누구의 관심도 받지 못하는 존재. 종일 나누는 대화라고는 지극히 업무에 관한 것뿐이다. 어떠한 틈도 내주지 않겠다는 듯, 모두를 격식 있는 말투와 일관된 무표정으로 대한다. 이쯤 되면 그는 성능 좋은 로봇에 가깝다. 하지만 이 로봇은 되려 주변 사람들을 안쓰러워했다.

'왜 회사 사람하고 친해지려고 할까?
일만 잘하면 되는 거 아니야?'

투명인간이길 자처했지만 그런 그의 행위는 오히려 시선을 끌기에 충분했다. 동료들뿐 아니라 상사들도 그를 어려워했다. 매일 입고 다니는 검은 옷에 자신을 숨겼고 모든 것을 외면하고 살았다. 그는 온전히 혼자일 수 있는 사람이 강한 사람이라 생각했기에 관계에 목매는 사람들을 나약하다고 평가했다. 혈육이라고 다

를까? 세상에 날 때부터 혼자였던 사람마냥 가족들도 외면했다.

어둠 속에서 소리가 나지도 않는 TV 화면만 멍하니 바라보고 있는 어머니. 죽은 눈처럼 생기 없는 그의 외로움과 무엇이든지 할 수 있다고 우기지만 결국 모든 일을 망쳐버리고 마는 아버지의 노쇠함 그리고 듣는 이 하나 없는 허공에 대고 끊임없이 말을 거는 동생의 애정결핍까지. 심지어 늘 집 안에 갇혀 바깥세상을 갈망하는 강아지에게도 아주 철저히 눈감아버린다.

집에 돌아온 그의 눈앞에 펼쳐진 이 장면에 물속에 들어간 듯 숨이 턱 막힌다. 스스로를 방에 가두고 나서야 숨통이 트이고 편안함을 느낀다. 방문을 열면 사랑을 갈구하는 것들이 득실댄다. 그들을 어떻게 처치해야 할지 모르기에, 차라리 그는 이기적으로 행동하기로 했다. 나만을 위하고 내 멋대로 행동하고 자신을 위해 보이지 않는 울타리를 친다. 귀를 닫고 눈을 감고 또 그렇게 입을 다물어버린다. 어떠한 감정도 담지 않은 얼굴로 그들 속에 눕는다. 그는 계속 중얼거린다.

나는 어떤 것에도 매여 있지 않노라고.

절대적으로 자유롭다고, 외롭지 않다고.

　이번에도 그는 사랑을 잃었다. 분명 사랑을 갈구하고 애원하는데, 주체할 수 없는 애정들이 마음속에 한 가득인데, 도대체 왜 자신을 거치면 모두들 온몸이 부서진 채 떠나가는 걸까.

　그의 머릿속에선 늘 행복한 관계가 펼쳐진다. 자신이 품고 있는 마음을 표현하는 데 주저하지 않고 어떠한 장애물도 넘을 수 있는 용기와 순수함이 있으며 잔잔한 바람만 이는 평온한 사랑, 그리고 그의 품에 안겨 잠드는 무한한 시나리오들.

　그는 언제나 사랑을 갈구했다. 사랑을 주고 싶었고 관심을, 시선을 느끼고 싶었다. 하지만 정작 그의 사랑에는 순수와 열정이 없었다. 행위 이전에 머리가 앞섰고 계산했으며 주저했다. 마음 놓고 사랑하지 못했기에 단 한번도 진심으로 누군가를 사랑한 적이 없었다. 누군가를 위해 울어본 적도, 무조건적인 희생도, 헌신도 경험해보지 못했다. 나보다 다른 사람을 더 사랑하기 위해 내려놓아야 할 빗장의 무게는 실로 무거웠다. 그저 무서웠다.

그래서 여태 그가 애써 외면해왔던 것들부터 변화를 시도해보기로 한다. 애정이 없는 것이 아니라 그는 어딘가 꽉 막혀 있다. 무거워 들어 올릴 엄두를 내지 못했던 빗장을 조금씩 움직여본다. 말없이 식사만 하고 사라지던 지난날과는 달리 남은 자의 식사를 지켜본다. 엉겨 붙어 있는 깻잎무침에 끙끙대는 아버지의 서툰 젓가락질에 젓가락을 들어 다른 쪽 깻잎을 붙든다. 낯선 기분이다. 가슴속이 울렁거리는 것이, 누구의 눈도 쳐다볼 수가 없다.

이어 용기를 내서 식사 후 강아지를 데리고 밖으로 산책을 나왔다. 목줄을 쥐기만 했을 뿐인데, 빙글빙글 돌며 기쁨을 표하는 생명체에 어찌할 줄 모르고 그 자리에 얼어붙었다. 애정이라는 게 이렇게 쉽게 얻어지는 감정이었나. 내친김에 목욕도 시켜본다. 서로의 체온을 나눠가며 더러움을 씻어낸다. 그를 올려다보는 검은 눈동자가 반짝인다. 함께한 수년 동안 처음 있는 일이었다.

저녁 내내 강아지가 그에게 꼭 붙어 앉아 있다. 여태껏 불러도 오지 않던 강아지였다. 그때 그는 미약하게나마 깨닫는다. 그간 자신을 스쳐 지나간 사랑들이, 어던가 부서진 채 떠나간 사랑들이 원하던 애정이란 게 이런 소소한 표현들이지 않았을까. 시선의 방향이 나 자신에서 상대로 옮겨가는 것, 표현하지 않고 머릿속에서 늘 그리기만 한 것들, 그에 대한 갈증이 아니었을까.

사랑에 불완전하던 여자는 조금씩 마음을 열어보기로 한다. 문제를 이해했고 해답의 방향을 알았기에 내일의 희망을 발견한 것이다. 단, 한순간에 다른 사람이 될 것이란 섣부른 기대는 금물이다.

그는 이제 사무실에서 헤드폰을 끼지 않는다.
그렇게 조금씩 앞으로 나아간다.
지금 그는 많은 변화를 겪고 있다.

도망치면
영영 답을 찾을 수 없어

결점을 발견하면 역시 답이 아니었다고
의심부터 해왔던 건 아닐까?

작가라는 꿈을 꾸게 된 건 오랜 친구의 말 한마디에서
시작되었다. 당시에 친구는 프랑스로 교환학생을 가
있었기에 우리는 메일로 자주 대화를 나누었다. 그때
친구는 내가 보낸 숱한 메일들을 종종 꺼내어 읽어본
다면서 작가가 되는 건 어떠냐고 물었다. 나의 글이,
퇴고는커녕 그때그때 떠오른 생각들을 주절거렸을
뿐인 그 문장들이 자기 마음에 오래 남았다면서.

당시에 나는 졸업 후 진로를 숱하게 갈아치우고 있었다. 그러다 '작가'라는 단어를 듣는 순간 희미하던 표지판에 불이 환하게 켜진 것 같았다. (여기로 오세요!) 그 길로 단숨에 방송작가 교육원에 등록했고 운이 좋아 방송국까지 들어가게 되었다.

일분일초마다 상황이 바뀌는 방송국에서의 일상은 늘 정신이 없었다. 지금 생각해보면 참 무모한 꿈이었지 싶다. 프린터 작동법은커녕 전화가 오면 '여보세요'라고 해야 하는지 'MBC입니다'라고 해야 하는지, 취재는 어떻게 하는 건지, 아무것도 모르는 상태에서 무작정 뛰어들었기 때문이다. 오로지 열정만 가득했다, 열정만.

한 예로, 제작과정 마무리 단계에 이르면 막내작가들이 홍보기사를 쓰기 시작하는데 내가 쓴 기사는 하루에도 여러 번 엎어졌다. 당시에 나는 자존심이 무지막지하게 셌기 때문에 내가 문제일 리 없다고 생각했다. 아직도 그날이 기억에 생생하다. 자정 무렵, 아무도 없는 교양국 사무실에서 내가 치는 분노의 키보드 소리만 들려왔다. 아니, 이게 뭐가 어때서? 대체 뭘 어쩌라는 건데? 지는 얼마나 잘났다고! 오기에 가득 차서

시간만 계속 흘려보냈다.

대여섯 살 때 매일 풀던 학습지가 떠올랐다. 그때 엄마는 항상 파리채를 손에 들고 옆에 앉아 있었다. 바로 답을 찾지 못하고 주저하면 엄마는 큰소리부터 냈다. 이걸 왜 모르니? 아까도 설명해줬잖아! 그게 왜 안 되니? 심장이 조이다 못해 도망치고 싶었다. 당장 답을 찾아야 한다고 생각하니 더 답이 보이지 않았던 슬픈 아이러니.

이제 새벽 두 시. 시간은 계속 가는데 답은 모르겠다. 손가락도 멈춘 지 오래다. 나는 점점 더 작아지고 이제는 보이지도 않을 지경일 때 심장이 조여왔다. 불안은 나를 의심하게 만든다. 나는 정말 작가가 되고 싶었던 걸까? 이 길이 아닐 수도 있지 않을까?

"다혜 씨, 어릴 때 책 별로 안 읽었구나?"

수정된 기사는 불만도, 그렇다고 만족도 없이 데드라인에 쫓겨 통과됐다. 무엇이 잘못된 것인지 알지도 배우지도 못한 채 또 그렇게 고비만 겨우 넘긴 것이다. 그때 '프로듀서님'이 지나치듯 흘린 말이 지난 새벽의 의심을 확신으로 바꾸었다. 적어도 작가가 꿈인 사람이라면 저런 말을 듣지는 않을 텐데. 역시 이곳은 내가 있을 곳이 아니다. 바로 주눅이 들어서 도망칠 궁리부터 했다. 다시 생각해보라는 모두의 만류에도 난 꿋꿋했다. 자존심만 더럽게 세서.

문제가 무엇인지 모르니 다음 직장에서도 순탄할 리가 없었다. 일이 막힐 때마다 불안은 찾아왔고 심장을, 나를 조였다. 과거의 실패가 떠올랐다. 역시 이곳도 내게 맞는 곳이 아니었나.

그러던 어느 날, 항상 집 책장에 꽂혀 있던 책 한 권을 읽고 지금까지와 다른 방향으로 생각하게 됐다.《미움받을 용기》, 그 책은 세상을 희미하게만 보고 있던 나에게 꼭 맞는 안경을 씌워주었다. 역시나 문제는 바로 나였다. 조금이라도 위기가 닥쳐오면 헤쳐나갈 용기를 내는 대신 불평불만만 하고 있었다. 나는 언제나 적당한 노력만 했고, 내가 그은 한계선에서 벗어나지 않았다.

왜 이 간단한 이치를 그때는 깨닫지 못했을까. 다른 사람들 일에는 감 놔라 배 놔라 잘만 다그치면서. 처음부터 완벽한 사람은 없는 건데. 재능을 타고난 것은 분명 부러울 일이지만 노력하지 않는다면 그 사람도 나와 별반 다르지 않을 텐데.

내게 작가가 되어보라고 했던 친구를 떠올렸다. 내가 쓴 메일을 몇 번이고 꺼내어 읽는다는 친구를 그려본다. 내게도 빛나는 점이 있다. 그런데도 언제나 결점을 먼저 찾아내서 의심부터 한 건 아닐까? 완벽주의 그리고 자존심. 지적을 들으면 주눅이 들어 바로 도망부터 치려했다. 나는 완벽하지 않고 그러니까 지적을 듣는 건 당연하다.

이제는 무조건 도망치지는 말아야지.
부족한 부분이 있다면 메우기 위해 노력하면 된다.

인정하자.
나는 불완전한 사람이다.

나에게 칼자루를
쥐어주지 마세요

———

모든 선택에는 후회와 책임이 뒤따른다.
그렇다면 마음이 원하는 방향으로 가야 한다

컴퓨터 화면 위 일정하게 깜박거리는 커서를 한참 들여다보았다. 흰 여백 위에서 가장 나다울 수 있으면서 또 가장 무서운 순간이다. 온갖 잡생각들이 떠오른다. 마음이 가는 대로 써내려가라고, 나중에 그럴 듯하게 자르고 붙이면 된다고 나를 다독여본다. 하지만 키보드 위에 손을 올려놓는 순간, 다시 원점으로 돌아간다.

내가 만들어내는 글은 시가 될 수도, 편지가 될 수도,

욕설이 난무한 낙서가 될 수도 있으며, 간단한 메모에서 그칠 수도 있다. 파일을 닫기 전까지 흰 여백은 어떤 것으로도 정의되지 않았기에 가장 위험하고 그만큼 무한한 가능성을 갖고 있다. 어디로 튈지 모르는 탱탱볼처럼 정의되지 않은 것만이 누릴 수 있는 설렘이다. 썸타는 남녀관계가 그렇고 수능을 마친 고3 학생들이 그렇다. '이 글은 신변잡기입니다', '우리는 연인입니다', '나는 대학생입니다'라고 말할 수 없는, 아직은 둥지 없는 상태.

2017년 12월, 나는 네 번째 사표를 냈다. 감사하게도 당시 팀장님에게 한 달의 유예기간을 받았지만 그 시간은 나를 더욱 고통스럽게 했다. 퇴사 혹은 재직이라는 선택지에 중간은 없기에 더욱 두려웠다. 겁에 질린 채로 갈림길에 서서 이곳과 저곳의 장단점을 계산기로 두들겨댄다. 선택에 따른 기회비용을 따져가며 후회를 최소화하기 위해 노력한다.

재직한다: 소속감이 주는 안정적인 삶

회사에서는 해야 할 일이 정해져 있다. 새로운 일을 기획하더라도 언제나 대략적인 방향이 정해져 있다. 나라는 사람의 정체성보다는 조직의 체계와 이윤이 중요하다. 회사는 나의 자유를 빼앗는 대신 안정감을 준다. 회사를 연애와 비유하자면 한 사람과 지속적으로 관계를 이어가는 것과 같다. 특정 대상과 나 사이에 규칙을 정하고 지키고 배려해야 한다. 주말 중 하루는 연인과 데이트를 하고, 퇴근할 땐 서로에게 전화를 걸고, 밥을 먹을 때 자연스럽게 상대방이 싫어하는 매운 음식은 항상 제외시키는 것. 반복적인 관계는 안정적이기에 사랑도 오래된 사랑을 선호하는 걸까. 다수와의 자유로운 사랑은 불안하니까.

퇴사한다: 모든 것이 나의 책임이 되는 삶

사실 네 번의 퇴사에서 표면적인 이유는 모두 같았다. '내 글'을 쓰고 싶었다. 어떤 글을 쓸 것인지는 딱히 정하지 않았다. 극본, 소설, 에세이⋯⋯. 내가 나를 표현하는 데 형태는 중요하다고 생각하지 않았다. (생각이 없는 것처럼 들릴지도 모르겠다.)

정확히 말하자면 글로 나를 드러내는 일을 하고 싶었다. 교복을 벗고 나의 개성이 드러나는 옷을 입는 것처럼. 내 안의 분명한 요구를 알면서도 이직을 거듭한 이유는 고질적인 불안 때문이었다. 나의 재능에 대한 불신(내가 정말 작가가 될 수 있을까?), 고정비(모아놓은 돈을 언제까지 까먹을 수 있을까?), 오랜 휴직기간(너무 오래 쉬면 이직이 어렵지 않을까?) 같은 불안 요소들이 마음을 좀먹었다. 한 달 동안 머릿속에서 두 자아가 끊임없이 말다툼을 벌였다.

말이 좋아 프리랜서지, 자유가 얼마나 무서운지 알아? 달달 외우기만 하면 되는 고등학교의 시험과 문제는 한 줄에 온통 여백뿐이던 대학교 시험의 차이 같은 거야. 처음 대학에 입학했을 때의 공포를 떠올려봐. 방향과 속도, 방법 모두 네가 정할 수는 있겠지만 아무도 너를 신경 써주지 않을 거야. 모두 네 책임이 되는 거지.

자유가 주는 공포와 나의 꿈이 충돌하는 순간이었다. 누군가는 아주 멍청한 고민을 하고 있다고 생각할지도 모르지만 자유가 주는 불안은, 지루함 이면의 안정적인 평안에 강한 애착을 갖게끔 만들어버렸다. 이룰 수 있을지 알 수 없는 꿈 따위 단숨에 허망한 것으로 여길 만큼 강력한 존재였다.

우리는 인생을, 오늘 이 하루를 처음 살아보니까 지금은 무엇이 정답인지 알 수가 없다. 어른이 되면 자기 인생에 책임을 져야 한다고 배웠다. 퇴사를 하든지 꿈을 찾아 떠나든지. 더는 갈팡질팡할 수 없어. 너는 어른이니까 책임감 있는 모습을 보여야 해.

그런데, 도대체 책임감이란 게 뭐야.
그 망할 책임감이 대체 뭐냐고.

어차피 나라는 인간은 무엇을 택하든 후회할 테니 그렇다면 마음이 원하는 대로 가야 한다. 네 번의 퇴사가 이 교훈 하나를 남겼다.

눈을 감고 나에게 묻는다. 무엇이 두렵지? 어떤 결정을 해야 하는지 잘 알고 있으면서 왜 그렇게 주저하고 울고만 있는 거야? 훗날 내가 한 선택에 후회할까봐, 그래서 상처받고 돌이킬 수도 없는 지난날만 떠올리는 머저리 같은 짓을 할까봐 지레 겁을 먹었다.

겁쟁이. 과감하게 앞으로 나아가지도 못하면서 욕심만 더럽게 많아서는. 계속 그렇게 제자리에서 발만 동동 굴러라! 한동안 나를 그렇게 질책했다. 지긋지긋하다고, 두렵다는 이유로 좋아하는 음식은 뒤로하고 평생 영혼 없이 밍밍한 밥만 먹으며 연명하라고.

그러다 두 눈을 질끈 감고 에라이, 모르겠다! 하는 심정으로 마음이 가는 방향으로 발길을 돌렸다. 그래, 까짓 꺼. 가보자. 용기를 내보자. 안 그러면 다섯 번째 퇴사를 하게 될지도 몰라. 그리고 몇 달 뒤, 출간 계약을 하게 됐다.

그렇게 갈망하던 길 위에 섰지만, 책 한 권을 낸다고 해서 그때의 선택이 옳았다고 말할 수는 없다. 당장 내 일이라도 다섯 번째 직장을 준비하게 될지도 모를 일이다. 다만 지금이라면 그런 일이 또 일어나더라도 예전만큼 괴롭지는 않을 것 같다. 내가 정말 원하는 요구를 들어주었으니까.

이제는 다시 실패하더라도
미련도, 후회도 남지 않을 것이다.

최선을 다했으니까.

나의 마음에 최선을 다했으니까,

나는 그걸로 족하다.

내 마음 어딘가가 부서졌다

초판 1쇄 인쇄 2019년 9월 19일 초판 1쇄 발행 2019년 9월 25일

지은이 장다혜
펴낸이 연준혁

출판 1본부 이사 배민수
출판 4분사 분사장 김남철
책임편집 박인애
디자인 윤정아 일러스트 뮤주

펴낸곳 (주)위즈덤하우스 미디어그룹 출판등록 2000년 5월 23일 제13-1071호
주소 경기도 고양시 일산동구 정발산로 43-20 센트럴프라자 6층
전화 031)936-4000 팩스 031)903-3893 홈페이지 www.wisdomhouse.co.kr

ⓒ장다혜, 2019
값 13,800원
ISBN 979-11-90305-43-3 03810

이 도서의 국립중앙도서관 출판시도서목록(CIP)은 서지정보유통지원시스템 홈
페이지(http://seoji.nl.go.kr)와 국가자료공동목록시스템(http://www.nl.go.kr/
kolisnet)에서 이용하실 수 있습니다. (CIP 제어번호: CIP 2019034330)